GAEA

Gaea

ABSENT ~~AUTHOR~~, PRESENT MURDER
作家不在場的
謀殺
望日——著

作家不在場的謀殺

目次

推薦序

推理作家／陳浩基

如果您曾讀過望日的作品，或被本書的文案吸引，我建議您跳過這篇序文，親自閱讀故事，我會說這是享用這部趣味盎然的推理短篇集的最佳方式。如果您想了解一下作者背景，或有興趣看看我對本作的介紹，那請容我將時空回轉至二〇一六年香港新蒲崗，在某場講座活動後我和望日相識的那一刻。

那場活動由我和譚劍對談，討論拙作《13．67》，由於預告會談及情節、分享寫作經驗技巧，所以出席者不乏對小說創作有興趣的朋友。活動後望日主動跟我們寒暄，我才發現原來這位外表年輕的男生正是我在書店留意過名字的新晉作者。我們交換了聯絡方式，我更透過媒體報導知悉望日和我一樣，從上班族換跑道成爲全職作家，不免有所共鳴。後來碰面多了，望日告訴我他還開設了獨立出版社，除了用作應對商業出版社掣肘、出版自己作品的策略外，更惠及其他有志投身寫作的年輕作者，給予出版機會。

所以望日有三個身分——「作家／出版社老闆／總編輯」。

縱使「斜槓族」在這年頭已見怪不怪，但三個身分的工作都如此吃重未免有點驚人。每年七月香港書展前的兩個月，我都覺得望日要懂分身術才能應付，一方面要打點參展的籌備工夫，另一方面要編校在書展首發的衆多書刊、確保印刷物流暢順，同時間還要以作家身分趕自己的稿。望日從來沒有因爲編務而忘掉初衷，有好幾年我看見他忙得七葷八素，他依然堅持要在書展推出個人新作。在創作路上他沒有停步，持續挑戰自己，參加比賽，二〇二三年入圍第二十一屆台灣推理作家協會徵文獎決選；而在之前一年他更重返校園，在北藝大進修文學創作，增加了一個「留學研究生」的斜槓身分。

我在此提及這些事情，並非爲了裝熟賣交情，而是想向讀者說明，就是因爲作者有這些經歷，才會構成這本《作家不在場的謀殺》的特質與魅力。

《作家不在場的謀殺》由五個獨立短篇組成，風格各異，但共通點是爽快易讀、趣味十足，每篇一開始便丟出引起讀者好奇心的情節，再朝著意料之外的結末前進。望日投身全職寫作後，初期作品類型集中在鬥智解謎與科幻，重視娛樂性，可說是標準的香港流行小說風格，這基調正正呈現在本作上；然而本作同時顯出他多年來累積的寫作經驗，進行了各式挑戰嘗試，比如在主題上側重社會性與人文關懷、強調人性衝突與心理矛盾等等。另外由於作者的特殊斜槓身分，本作更有不只一篇故事側寫出版界，以荒唐卻現實的角度切入，帶來不一樣的玩味——大部分作家以後設方式描寫出版圈，都會聚焦於作者的一方，但望日同時掌握出版方的運作和思考模式，所以即使設定有多天馬行空，也顯出獨特的眞實感與韻味。

我沒有在本文逐一介紹各篇內容，是因爲覺得透露太多反而有損意外性，推理小說就是「預期愈少，趣味愈多」，或許您在讀畢全書後回頭看看本文，會更容易了解作者的意念來由，察覺在娛樂小說的包裝裡，反映出作者對文學創作的種種觀點與面貌。

作家
不在場的
謀殺

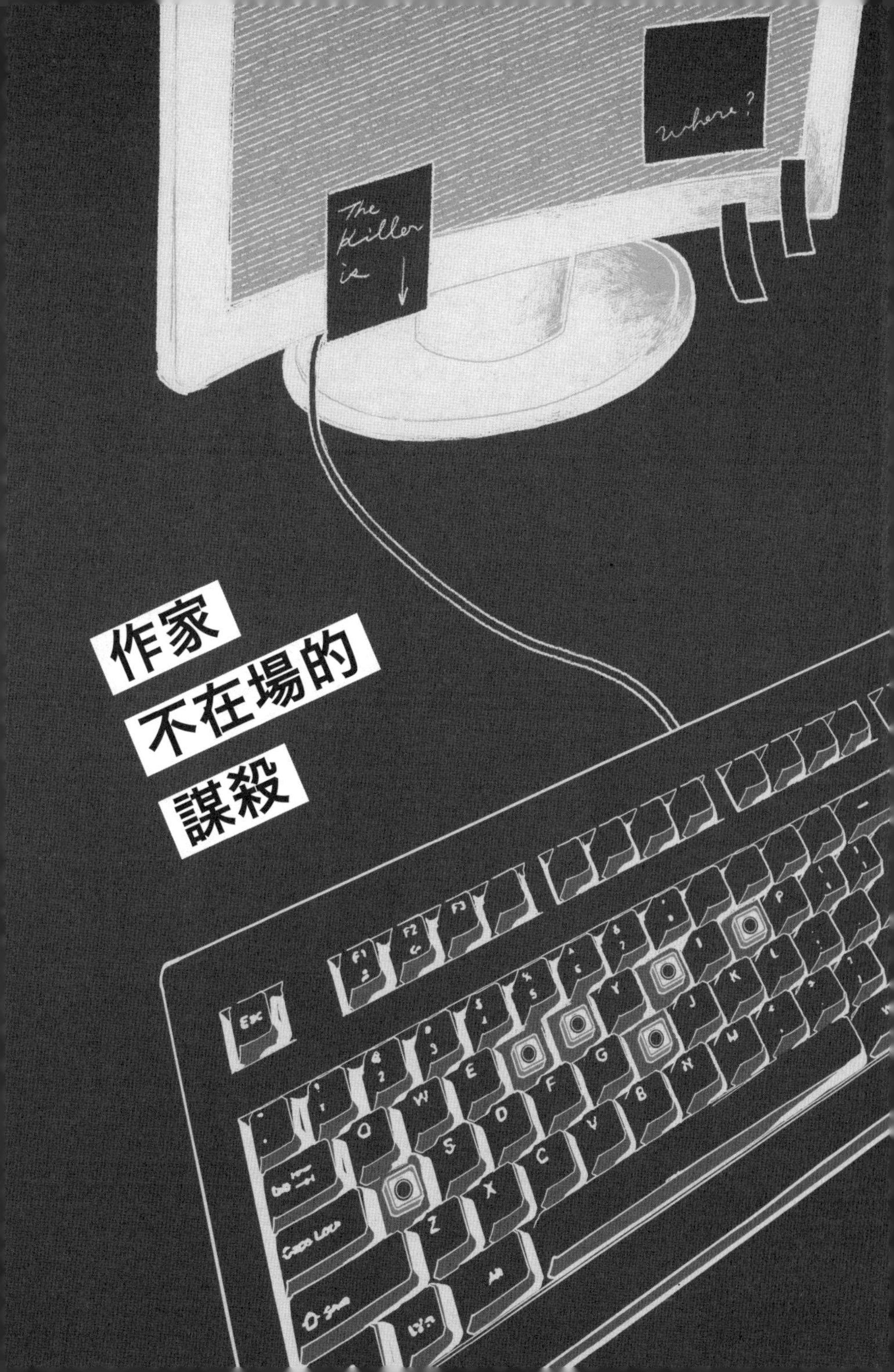

1

《我的偵探男友》第一百八十話
隕落的二人組（四）

（前半略）

肅殺的氣氛繼續籠罩著H市高等法院原訟法庭。

一幕幕的脣槍舌戰過後，有關程義輝謀殺周詠詩一案的審訊已接近尾聲，控辯雙方的證人皆已完成作供，接下來是結案陳詞的時間。

「法官閣下、各位陪審員，」代表控方律政司的刑事檢控專員先發言：「本案無庸置疑，是一宗罕見、令人痛心，又令人心寒的謀殺案。被告程義輝和死者周詠詩青梅竹馬，這對情侶曾合作無間，協助H市警方偵破不少棘手案件，但如今其中一人竟然是本案的被告，而另一人則是死者。」

「本案的案發地點是在一座橫跨M河的木橋上。該處位於M河上游，位置偏遠，人跡罕至，附近沒有任何監視器，女性一般狀況下不可能赴約，程義輝卻利用死者對他的信任，把對方騙到該處，然後利用預先藏好、手掌般大的圓形石頭襲擊對方頭部，把她當場擊斃後，再把屍體和凶器丟棄到河中。」

「由於M河下游的出口就是大海，被告以爲計畫周全，屍體和凶器都會被沖到汪洋大海，從此永遠消失。沒料到，天網恢恢，所有的事情都不如被告的計畫發展。首先，案發當晚颳起大風，洶湧的海浪把屍體捲到M河下游出口附近的海灘，而凶器則因爲重量關係直接沉到橋下的河床，被警方發現。法醫儘管無法在凶器上驗出指紋，但仍能從石頭粗糙的表面，還有肉眼看不到的細縫中檢驗出跟死者血型相同的微量血跡。石頭的大小和形狀跟死者頭骨上發現的圓形鈍器造成的挫傷一致，死者除了頭部有血腫外，身上沒有其他致命內外傷和骨折，也沒有驗出急性疾病或病變，法醫因此斷定死者是被硬物襲擊頭部致死，然後被棄屍推下橋，而那顆圓石就是凶器。」

「此外，當日近黃昏時分路過橋下、在河邊工作的清潔工人，剛巧目擊到被告和死者在橋上發生口角，並看到被告的右手當時持有某種東西放在身後。而在事發前三日，被告和死者在咖啡店內爭吵，死者還當眾用咖啡潑向被告，咖啡店職員和顧客都已分別出庭作證。很明顯，被告因爲身爲H市著名偵探，自尊心過盛，不堪當眾遭死者侮辱，於是動了殺機，到郊外用藏在身後的圓石殺害死者。」

「死者周詠詩出身小康家庭，自幼飽讀詩書，行事端莊有禮，獲獎無數，是所有親友心目中的模範生。可是，殘酷不仁的被告竟然狠下毒手，把屍體棄置到長約二十公里的M河中，令不諳水性的她死後還在河裡浮浮沉沉兩個小時、在海中翻滾大半天，屍體最終發脹、腐敗並裸露在海灘上。周詠詩的屍體被發現時，面容模糊，表皮都幾乎剝離了，表皮和肌肉較薄的部分，例如額頭、手背、膝蓋、腳尖等，甚至露出白骨。一名性格開朗、人生本來充滿希望的妙齡少女竟遭殘害得如此體無完膚，實在慘不忍睹，也令人髮指。所以，我懇請各位陪審員裁定被告罪名成立，謝謝。」

控方發言完畢，接下來輪到辯方作結案陳詞。

「法官閣下、各位陪審員，本案的死者周詠詩遭到殺害，的確是一場悲劇，但造成這場悲劇的凶手是否真的是被告呢？經過多日聆訊，控方提出了多項證據指控被告殺害死者，但我想在此提醒各位陪審員，那些全都是間接證據——死者生前最後被看到和被告發生爭執，這跟被告是否就是凶手並無必然關係。那塊石頭雖然沾有和死者相同血型的血跡以及和頭骨的挫傷吻合，但上面並沒有被告的指紋。還有那名清潔工人，她只是目擊到被告和死者發生口角，但之後就離開了現場，並沒有看到行凶過程；她看到被告右手藏有什麼東西在身後，卻表示因爲距離有點遠，加上木橋欄杆遮擋了部分視線，無法確定是否就是那顆圓石。這一切，都代表著整宗案件由始至終，都沒有直接證據指證被告就是凶手。」

「反之，從另一個角度來看，被告程義輝和死者周詠詩青梅竹馬，一同偵破過不少奇案，是出生入死的情侶和搭檔。被告會因爲只是和死者兩度發生爭執，就有意殺害對方嗎？這個殺人動機也未免太牽強了。」

「本市刑事檢控的定罪原則是達到毫無合理疑點，但很明顯本案仍存有疑點，控方只是運用穿鑿附會的方式把各種巧合出現的間接證據串連起來誣陷被告。基於疑點利益歸於被告，我懇請各位陪審員裁定被告罪名不成立，謝謝。」

控辯雙方結案陳詞完畢，陪審團開始退庭商議。

在法官引導和解釋法律觀點後，七人陪審團之間仍存在相當的意見分歧，特別是有關多項同時出現的間接證據是否足以構成指控被告的確鑿證據。他們最後花了兩日一夜討論，才能作出裁決。

重新開庭時，席上幾乎沒有程義輝的親友，他的父母也不在庭上，因爲律師擔心他們聞判後會過於激動，遂請他們迴避。這彷彿暗示著程義輝即將走到衆判親離的境地。

「陪審團，」法庭書記於重新開庭後問：「你們的裁決如何？」

庭上所有人都屏住呼吸，靜候這場審判的結果。不一會，代表陪審團發言的首席陪審員回應：「陪審團以六比一，裁定被告謀殺罪名成立。」

法官聞言後緊接宣判：「被告程義輝謀殺罪名成立。雖然謀殺罪依例須判處終身監禁，但本席仍會索取被告的背景報告，以及給予辯方律師時間爲被告求情。案件將押後至明年一月判刑。退庭。」話畢，法官敲下法槌，正式宣告閉庭。

程義輝長得不高，而且有點瘦，本來就給人文弱書生的感覺，如今站在犯人欄內尤其顯得弱不禁風。他聽到裁決後，只意味不明地冷笑了一聲，就低下頭跟隨職員的押解離開法庭。

程義輝被押上囚車的一刻，一顆流星劃過天際。下午陽光普照，流星的光芒幾乎無人察覺，猶如暗諷H市一代名偵探搭檔程義輝和周詠詩，在華麗地偵破各種大小案件後回歸於虛無，黯然隕落。

社會的巨輪如常轉動著。在失去了這對搭檔的H市內，未來那些懸案和謎團最終還是會由其他人成功破解吧？

2

我身處H市的一家咖啡店內，面前的咖啡早已放涼，但我毫不在意這點小事，畢竟咖啡可以再買，人死卻不能復生。

我直瞪著坐在我對面的中年女子，她似乎刻意打扮過，平日衣著和她的性格一樣隨便，今日竟穿起了襯衣，以半正式休閒裝來見我，看來她也知道事態嚴重。

她沒有迴避我的直視，在稍稍發福的圓臉上向我展現出業務式的笑容。然而我不只高興不起來，還覺得她有點嬉皮笑臉。若她不是女人，恐怕我已忍不住動粗。

「詩詩竟然死了……」我極力按捺著內心的憤怒，緩慢且平和地吐出這句話：「妳不覺得……這樣太離譜了嗎？」

可是，她沒有絲毫歉意地回覆：「我覺得還好啊！她也曾自詡，與『死神』結伴，早晚會由『詩詩』變成『屍屍』。」

「她只是隨口說，現在卻成眞，妳更見死不救，就這樣眼睜睜地看著她死去。

妳知道我有多難過嗎？」

「人終究會死，你也不要太傷心了。」

我終於忍不住吐出狠話：「那妳什麼時候要死一死？」

「老師，你開的玩笑好像有點過分了。」

「我的玩笑怎樣也沒有這東西過分吧！」我用指節用力敲著桌上的《淑女週刊》厲聲道。

這件事說來話長。話說我大病初癒，在家中休養多時，今早終於有精神出外走走，順道購買剛出版的《淑女週刊》。可是當我剛讀完刊登在其中的《我的偵探男友》連載小說第一百八十話後，就氣得差點吐血要回去醫院。

《我的偵探男友》這部推理小說每星期在《淑女週刊》上連載，至今已三年多。《淑女週刊》是一本以職場女性爲目標讀者的綜合雜誌，本來沒有連載小說的專欄，觸發其增設的契機是在約四年前，本市最著名的推理作家錢老師開始在文學月刊《后冠雜誌》上連載新作《78》。

連載小說在H市並不是什麼新鮮事，在數十年前就散見於各報章雜誌，甚至是它們吸引讀者的重點之一。然而隨著不同媒體和娛樂的興起，連載小說的吸引力和需求大不如前，小說專欄也逐漸萎縮和消失。不計算網路連載的話，文學雜誌幾乎是連載小說專欄僅存的棲息地。

然而，黑天鵝事件總是無聲無息地出現，《78》這部連載小說大受歡迎，更連帶了連載小說的復興，相信事前沒有人能預測得到。或許因為《78》是以七十八張塔羅牌為創作背景的推理系列連作，錢老師把新時代靈性產物跟重視邏輯及理性分析的小說類型融合，產生了新鮮且獨特的味道。加上H市的某人氣男子組合在一次訪問中提起最近在追看該作品，其女性支持者於是仿效閱讀。作品大受年輕女性讀者歡迎，更成為社會潮流，令向來和暢銷扯不上任何關係的文學月刊《后冠雜誌》不斷加印後仍供不應求。

這件事引起了《淑女週刊》的一名編輯顥琪，也就是坐在我對面的女士的注意。《淑女週刊》在紙媒寒冬下，賣書和廣告收入持續下跌，即使不斷努力削減開支，仍是入不敷出，停刊似乎只是早晚的事。她留意到《78》令文學雜誌也能成為全城搶購的對象，於是忽發奇想，向總編輯建議《淑女週刊》也增加連載小說專欄。總編輯對連載小說專欄不予寄望，但反正《淑女週刊》的銷量早已藥石罔效，乾脆死馬當活馬醫，放手讓她試試。當時不知道出於什麼原因，顥琪竟然找上沒沒無聞的我，邀請我爲《淑女週刊》撰寫推理小說連載，題材不限，只須適合女性讀者閱讀卽可，稿費還相當豐厚。

這個邀請眞是令我既驚且喜。喜當然是因爲我默默耕耘多年，終於獲得賞識和注意。我是H市少數的專職作家，出道至今已六年，推理小說一直是我專攻的類型。我憑藉推理小說新人獎出道，緊接著獲兩家出版社邀稿，出了幾本小說，可惜之後再無合作邀約，最近期的兩本著作我更要自費出版。不是我自吹自擂，但捫心自問，我自覺我的小說水準並不差，缺乏的只是被讀者留意到的機會，因此這個連載邀稿對我來說簡直是天降甘霖，是我翻身的大好機會。

但這也同時令我誠惶誠恐，因爲我答應了的話，就意味著我將會和錢老師的作品打對台。我有幸和錢老師在不同場合有過幾面之緣，言談間察覺到他是個很樂意提攜後輩的資深作家，且最令我驚訝的是他竟然看過我的出道作，還表示很喜歡，認爲我很有潛力，希望未來有機會多交流甚至合作。錢老師的笑容和悅，毫無名作家的架子，但說起跟創作或推理小說有關的話題時，會散發出嚴肅認眞的氣場，評論推理作品時總是有明確且精闢的見解，展現出深不見底的內涵和修養。只是見過一次面，我就馬上被他的個人魅力深深吸引，很自然地追看他所有的作品。我更把他當成我的目標，他日若能夠有他一半的成就，就心滿意足。

正因如此，要我跟錢老師的作品競爭，我起初是抗拒的。雖說書市不是零和遊戲，讀者不是買了《后冠雜誌》就一定不會買《淑女週刊》，而且兩者本來就屬於不同類型的刊物，但《淑女週刊》忽然新開連載小說專欄，而且是推理，很難不令人聯想起《78》，然後把我和錢老師的作品互相比較，那我就糗大了，也擔心會令錢老師不高興。

我為這個艱難的決定掙扎了數天，最終接受邀稿。我安慰自己不要太在意外界對作品的比較，畢竟我是後輩，即使作品寫得比前輩差也是正常不過的事，但若能因此得到更多關注，讓更多讀者認識我，甚至成為我的支持者，這樣就於願足矣。

還有一個更重要令我決定要接受邀稿的原因，就是我實在是太窮了。雖然我和父母同住，開支較少，但在H市全職創作的收入更少，我早已經常交不出家用，終日被母親強迫去找工作。這份連載的稿費應該能夠稍微塞住嘮叨母親的嘴巴，讓我繼續專心創作。

在答允邀稿後我閉關了幾天，構思出《我的偵探男友》這個結合愛情和推理兩個類型的作品。故事以女主角為視點，她的男朋友，即本作的男主角，本來是一名大學醫科生，爲了拯救不幸蒙冤的好友，在機緣巧合下接手了好友父親的偵探事務所，並爲好友翻案。男主角擁有醫學和法醫知識，卻有點天然呆，推理能力也相當有限，很多時候要依靠身爲推理小說迷的女主角直接或間接提示，才能成功找到破解謎團的關鍵。不過，正是因爲這樣特殊的男女組合，他們才會察覺到一般人單獨未必留意到的細節，也尤其擅長調查和男女關係有關的案件。

我會有這樣的構思，除了是配合《淑女週刊》的讀者群外，也是刻意在選材上避重就輕，因爲錢老師鮮少在作品中觸及愛情，卽使描寫到男女角色的關係和互動，很多時都是點到卽止。我的這部作品將會特別重視男女主角間的配合和感情關係，也想突顯女性在當今世代的重要性，作品風格可說和錢老師的相差甚遠，希望卽使外界比較兩作，錢老師也不會感到被冒犯。

完成這一切後，我把故事構思、主要人物設定和首八回連載的大綱發給顥琪，沒料到不到一日，她就說已通過編輯部的審核，還催促我趕快創作，希望下星期就能開始連載。雖然我也想快點收到稿費，但我是個有專業操守的作家，回覆要更多時間準備，畢竟推理小說重視邏輯和條理，要先埋好線索和伏筆。如果胡亂開始連載，到一半時才發現寫漏了重點，那就完蛋了。我計畫這部連載小說採取較快的節奏，平均以四回爲一個短篇或一個章節，於是向顥琪要求最少要讓我寫好四回才開始連載，她最後無奈接受。連載開始後我也維持著最少有四回連載的存稿，原意是方便有其他工作安排而無法寫作時也不致拖稿。當然，現在我就後悔爲什麼不存更多的稿……

或許是每週連載的關係，儘管《我的偵探男友》四星期連載的分量才大約等於《78》一回的字數，網路上卻持續討論著我的作品，令它的人氣攀升得極快，短短兩個月就和《78》一樣成爲了社會潮流，速度之快連《淑女週刊》編輯部都始料未及。

另一方面，一如我所料，坊間緊接著出現比較《我的偵探男友》和《78》的聲音。專業評論家和男性讀者普遍認爲我的作品推理性和邏輯完備性不及錢老師的作品強，這點我也不得不承認。但在女性讀者眼中，她們卻認爲我的作品較有共鳴，例如男主角總是在關鍵時刻需要女主角提醒，這點和她們的笨蛋男友很相似。《我的偵探男友》沒有完全被《78》比下去，兩者的差異令它們建立起各自的讀者群，也成功令《淑女週刊》搖身一變成爲暢銷雜誌。

由於《78》和《我的偵探男友》的成功，其他紙媒紛紛仿效，建立起自己的連載小說專欄，有依樣畫葫蘆辦推理的，也有選擇其他類型的。但後來出現的始終無法追上這兩部作品，市場上最受歡迎和最長壽的連載小說依然是《78》和《我的偵探男友》。

回到現在，在咖啡店內，我和顥琪之間放著最新一期《淑女週刊》，內裡刊登了《我的偵探男友》第一百八十話。封面上「我的偵探男友」的名字和我的筆名，字體比「淑女週刊」四個字還要大，可見這部連載小說的重要性某程度已超越了週刊的主體。

然而這一話連載根本不是我寫的，這完全是垃圾，我才不會把我的男主角寫成殺死女主角的凶手！

3

我剛才激動的反應引起了部分顧客和服務生的注意，顥琪不想事情鬧大，連忙安撫我道：「我明白故事的發展可能令老師你有點不滿意，但你知道嗎，這期《淑女週刊》的銷量破了《我的偵探男友》連載以來的紀錄，一些平日沒有追看的人也好奇買了一本來看結局呢！」

「也破天荒有許多人在網路和社群平台上破口大罵呢！」我差點沒翻她白眼，反駁道：「那些人會買，只是好奇《我的偵探男友》是怎樣的爛故事，竟然可以引來如此多的負評，全世界都在一面倒地罵。現在我的故事被寫成這樣，妳是要我如何收拾？」

「不用怕，之前你也寫過男主角的好友在外地蒙冤，還被判處死刑，最終你也順利把他救回了。我相信老師你自有辦法把故事引導回你屬意的方向。」

「這是兩碼子的事。那起案件只不過是我設計出來的一個劇情，我本來就不會弄死他，但現在詩詩確實死了，法醫也驗過屍，妳讓我怎麼救回她？還有，我的小說本來是用女主角爲第一人稱視點寫的，現在爲什麼會變成第三人稱？」

「這也是無可奈何啊。」顥琪解釋：「《我的偵探男友》是寫實推理作品，詩詩死了，總不能用鬼魂的視點繼續發展下去吧？」

「發展下去？」我不忿地反問：「《我的偵探男友》中的『我』死了，小說怎可能發展下去？」

「或者可以嘗試改爲用男主角的視點？」

「眞是荒謬！妳忘了這部作品的名字是『我的偵探男友』嗎？那麼誰是男主角的男友啊？你們害他成爲階下囚不夠，還要掰彎他嗎？我……」我愈說愈激動，向顥琪不斷追問，但想到接下來的話不能讓其他人聽到，連忙深呼吸幾下來穩定情緒，並壓低聲音才繼續說：「我們一開始不找代筆作家寫這四回連載，就不會發生今日的鬧劇。」

顥琪微笑起來。她的表情不知爲何令我想起錢老師的笑容，然而她卻隱隱散發出笑裡藏刀的氣息，和錢老師的寬容和藹截然不同。她說：「你的話有道理，但別忘了，是你交不了稿，我們才出此下策，而且你當時也同意啊。」

我一時間爲之語塞，因爲她說得沒錯，這件事我多少需要負點責任。

□

大約在兩個月前，我得了急性肺炎入院。我本來只是患上了感冒，那時候我正在趕工撰寫另一部短篇小說——雖說延期、拖稿是不少創作者的日常，但我重視承諾，準時交稿是我在《我的偵探男友》走紅後經常收到其他媒體邀稿的原因之

——我於是帶病繼續工作，以爲那只是小病，幾天後就會自然痊癒。

我渾然忘我地專心寫作，身體的不適沒有對我造成影響，幾乎沒有休息，幾日後稿件順利完成。然而當我檢查好稿件，把它發送給責任編輯後，腎上腺素退去，強烈的呼吸困難和暈眩感馬上襲向我，當下我才驚覺事態嚴重，連忙打電話呼叫救護車，而我的記憶剛好在我看到救護員的那一刻戛然而止。

到我恢復意識之時，我已經在加護病房內，口腔插了呼吸器管路，身上也連接著各種我在小說內寫過、但不知道實際長什麼樣子的機器。我動彈不得，也無法開口說話，好一段時間過後才有護士察覺到我已清醒，找醫生向我解釋情況。

年輕的女醫生對我說，我患上的不是普通感冒，而是流行性感冒。由於我沒有及時治療和休息，流感病毒入侵肺部引起急性肺炎，而且還有擴散至其他器官的跡象。如果不是我年輕，又或者我再遲一、兩天入院，恐怕康復後都會有後遺症。

她看來認出了我是誰，搖著頭表示我照道理已發了幾天高燒，應該很痛苦才對，懷疑我一直在拚命趕稿，差點眞的如字面所說把命拚上了。她還說我需要住院治療和觀察，這段時間我絕對寫不了稿，勸我多點休息，養好身體和精神，康復後再繼續努力。

我的父母之後有來探病，但那段時間我一直精神恍惚，腦袋總是昏昏沉沉（可能這就是醫生爲何說我絕對寫不了稿），他們說的話大部分我都記不清楚，我唯一記得的是母親哭得厲害，她說她不應該把我逼得那麼緊，其實他們兩老一直以來的投資回報不錯，我給不給家用都可以。可惜到我出院後，她卻否認曾這樣說過，還說我應該是當時病得太厲害出現幻聽……

兩個星期後，我從加護病房轉回普通病房，開始稍微清醒一點，但距離有體力和精神去寫稿還是相當遙遠。慶幸我習慣把稿件直接放在雲端儲存空間，包括正在寫的和已經寫好的存稿，所以我在加護病房與世隔絕期間，《淑女週刊》仍能繼續連載《我的偵探男友》。

我轉到普通病房第二天，顥琪就迫不及待來探病。她帶來了水果籃，一臉凝重地走到我的床邊，幾乎握著我的手，關切地說：「老師，我從令堂口中得知你入院的消息，眞是嚇死我了。你現在沒有大礙嗎？還有哪裡不舒服嗎？有特別想吃的東西嗎？」

任誰都知道，編輯登門造訪作家，無論說得有多天花亂墜，重點就只有一個。在她到訪之前，其實我已大致想過了今後的事，於是單刀直入說：「趁我還有精神說話，客套話就免了，進正題吧。是有關稿件的事嗎？」

「老師果然是典型H市人，快人快語。」她也不裝模作樣，收起虛假的表情道：「那我就直接問了。醫生有說你什麼時候能夠出院嗎？」

「她說我最少還要住院觀察兩至三星期，待殘餘在各個器官的流感病毒都被消滅，才適合出院。」

顥琪好像已把我是病人一事完全拋之腦後，繼續無情地追問有關工作的事：「但《我的偵探男友》只剩兩星期存稿，你覺得你在兩週內交得出新的稿件嗎？」

「我記得我的最後四期存稿剛好把『七旬歌手誘騙事件』寫完，所以接下來應該要寫新章了。問題是我還未開始構思新案件，故事和詭計都沒有半點頭緒，而且從我現在的精神狀況推斷，我剛出院後也難以集中寫作。但別擔心，我已想到折衷辦法。」

她把身子靠前，緊張地問：「是什麼辦法？」

我把我預先想好的答案慢慢道出：「我在連載開始前曾說過，推理小說重視結構和伏筆，不能輕率地在沒有存稿下連載。但考慮到這次情況特殊，我不想讓讀者久等，所以會盡量在住院期間、精神較好的時候開始構思，即使動不了筆寫完整故事，也可以先規劃好大綱。這樣的話，我已大致能夠確定故事的走向，以及有什麼重點和線索不能遺漏，出院後我只要精神好一點就會盡量寫，待寫好一回就能馬上重開連載了。」

「慢著！」顥琪聽到不得了的詞語，瞪大眼追問：「重開連載是什麼意思？」

我不慌不忙地解釋：「現在的存稿只剩兩星期分量，醫生估計我要兩至三星期後才能出院，出院後我猜我也要兩至三個星期才能完全恢復精神和寫好新一話，這樣一算，《我的偵探男友》只需休刊兩至四期就能重開連載，應該還好吧？」

「休刊？」顥琪卻和我的平靜完全相反，忍不住驚叫起來，惹來護士責罵。

然而我仍不覺得自己的想法有什麼問題，傻傻地問：「我得了大病入院，只是休刊兩至四星期，跟那個以年作單位來休刊的漫畫家比，不是已經很短了嗎？妳爲什麼如此激動？」

「老師，你眞是太低估事情的嚴重性了，休刊的話你和我都會有麻煩。」顥琪重重地嘆了一口氣後，向我解釋問題所在：「《我的偵探男友》休刊固然會影響《淑女週刊》的銷量，但這只是小問題。最大的問題是我們早已接了很多客戶的廣告，他們都是基於你的連載才會重金買下廣告版面。連載暫停的話，我們就要抽掉廣告，不只要退回廣告費，還要賠償對方因而招致的損失，金額實在難以估計，到時我當然會飯碗不保，對你的聲譽也會造成很大的打擊。」

「他們買下的廣告欄位不一定要抽掉吧？因應連載暫停而延期刊出不行嗎？」

「事情才沒有這麼簡單。客戶在雜誌刊登的廣告，很多時候都不是獨立項目，而是一整套宣傳企劃的一部分。比方說，新產品的廣告與該產品的推出日期有關，也會配合其他推廣活動，例如廣告車巡遊、試用品派發、名人代言等，這些都會牽一髮而動全身。而且《淑女週刊》未來半年的廣告欄位都賣光了，延期只會造成更可怕的骨牌效應。」

聽著聽著，我的頭開始痛起來，也有一點目眩，我現在的體力似乎不足以跟她糾纏太久。我直白地說：「但我現在真的不可能寫稿，那妳有什麼建議？」

「其實我過來之前已和總編輯商量過了。」顥琪露出意味深長的微笑。「存稿尚餘兩回，老師你剛才推算要休刊兩至四期，那我們就直接給你六星期時間吧。這段時間你就盡量休養，六星期後再接手連載就可以了。」

這次換我聽到不得了的詞語，但我只能聲音虛弱地問：「『接手』是……是什麼意思？」

「正如我剛才所說，連載不可能暫停，所以我們會找代筆作家替你寫中間的四期連載。」

「妳瘋了嗎？《我的偵探男友》是我的心血，也是我的代表作……」我無法說完整句話。不知道是體力快到極限，還是因爲聽到太可怕的建議，我覺得我快要昏過去了。

「放心，我們已經有適合的代筆作家人選，絕不會搞砸你的心血。」

「不會搞砸不是重點，找人代筆這種事如果洩露了……」

「他有能力模仿你的文筆，而且我和編輯部都會把關，確保文字和內容都不易露餡。而萬一日後事情不幸敗露，責任將由編輯部承擔，你就說你那時候正在住院，完全不知情就好。這樣你應該可以放心休養吧？」顥琪展現著招牌笑容道。

「我……好吧……」說完這幾個字，我就體力用盡，軟癱在床，昏睡過去。

我其實並沒有完全放下心頭大石，應該這樣說吧，沒有專業作家會認爲把作品交託給他人代筆是一件輕鬆愉快的事，但我已經到了極限，當下只能說「好」或「不好」，而我選擇了前者。然而就是這句「好吧」，那個代筆作家就在短短四回連載中，把我辛苦描繪了三年多的女主角殺死，而且凶手竟然是男主角。

□

現在回想起來，雖然我有責任，但顥琪顯然是早有預謀，她看準了我剛離開加護病房後體力有限，藉機遊說我接受請人代筆的建議。即使我當下覺得事情不妥而拒絕，但之後我根本不可能交稿，她到時仍可以再度提出相同建議，逼我就範。

「妳笑屁！」現在我已大致康復，才不會像當時那麼軟弱。我怒喝了一聲來發洩心頭之恨，緊接著反駁：「我是答應過你們可以找代筆作家，但妳也答應過我會負責把關，如今《淑女週刊》竟然刊登這種垃圾稿子，將我辛苦經營了三年多的兩個重要角色徹底摧毀，妳敢說你們沒有責任嗎？」

「但我認爲這不是垃圾稿子，我相信你早晚也會同意。」顥琪不是省油的燈，沒有被我嚇倒，還反過來將我一軍：「你其實還有一個選擇，就是公開宣布你完全不知道發生了什麼事，這四回連載不是你寫的。」

「妳……」我終於察覺到我被徹徹底底地算計了。我根本不可能公開之前四期連載並非我的手筆，因爲無論外界是否相信我眞的不知情，我的名字跟《我的偵探男友》這起代筆事件也必然會掛上鉤，以後一旦談起其他代筆事件就會提起我就是其中一個找代筆或被代筆的作家，怎樣想也不是風光的事。

顥琪看到我臉有難色，肯定暗自竊喜。她順勢道：「無論如何，如今我們是坐在同一條船了。」

「妳這樣是霸王硬上弓，哼！」我不想再對著這個陰招算盡的女人，話音剛落就喚來服務生結帳。

顥琪爽快地遞上公司信用卡結帳，等候期間我們二人都沒有說話，氣氛僵硬至極。她之後在信用卡簽單上，從下到上畫了一條像蛇的曲線，然後隨手加了兩筆作爲簽名。簽名如此簡單隨意，無視被盜刷的風險，或許正反映她的處事方法。說起來，我和她初次見面時，她忘了帶名片，之後也沒有補給我，眞是一貫的隨便……

結完帳，此地也不宜久留，我收起桌上的《淑女週刊》，準備轉身就走。顥琪見狀問：「你眞的沒有話要對我說嗎？」

「對。」我沒好氣，頭也不回地說。

在我背對著她走遠之際，她不忘提醒我：「老師，憤怒歸憤怒，記得三日後要交稿啊！」

4

回到家中，我心中的那道怒氣消退，思緒逐漸回歸正軌，開始思考稿件的事。

由代筆作家撰寫的四回《我的偵探男友》連載剛剛於《淑女週刊》刊登完畢。按照我和顥琪早前的約定，下一回將會由我重新接手。首先要做的當然是收拾這個爛攤子。

我從最近一回連載中已大概知道這四回故事的發展：故事中的女主角周詠詩死了，警方調查案件後認定男主角程義輝是凶手，原訟法庭裁定程義輝謀殺罪名成立。雖然故事中的法官尚未對程義輝的罪行判下刑期，但小說世界內的法律體制和現實中的H市相同，謀殺罪依例的唯一判刑就是終身監禁。換句話說，那個代筆作家在短短四回連載內，就一下子終結了男女主角的人生，我當然不可能坐視不理。

連載小說刊登了就覆水難收，即使我是「作者」也不能將之前四回的故事隨意作廢，但我還是可以利用後續劇情去推翻前面的故事。

我不是「學院派」的推理作家，只懂創作，對學術用語、評論等不甚了解，但身邊恰巧有一位推理評論家朋友，在耳濡目染下也粗淺地聽過「後期昆恩問題」。

簡單來說，「後期昆恩問題」是指讀者無法確保推理小說結局所提供的解答就是百分之百的眞相，因爲小說世界是由作者建構，所謂的眞相也是建基於作者在故事中鋪排的線索；萬一作者在「眞相」之後追加新線索，就有可能推翻原有的解答。

我沒有能力更深入地討論「後期昆恩問題」，但這次我想到利用這個概念，希望能在新連載中，藉著追加了新線索或新劇情來把男女主角都救回來。

話雖如此，我也不能肆無忌憚地胡亂追加新的線索或新劇情，因爲「合理性」是推理小說的重要原則之一，如果我提出的新線索或新劇情不夠有說服力，不能令普遍讀者信服，我就只會把故事寫得比現在的更糟，親手砸爛《我的偵探男友》這塊招牌。因此，新線索或新劇情必須合情合理，並在延續前文的前提下進行。

回到我要解決的問題，就是分別要救回被定罪的男主角程義輝和被殺死的女主角周詠詩。我決定先易後難，先集中思考看來比較簡單的男主角那邊。

程義輝在原訟法庭被判有罪，要救回他的方法很直接，就是提出上訴。

上訴權是H市法律制度的基石之一，上級法院可藉上訴機制覆核下級法院的判決。刑事案件被告被定罪後如不服原訟法庭的「定罪」或「判刑」，可於定罪或判刑當日起計二十八天內向上訴法庭申請「上訴許可」。由於本案尚未判刑，加上謀殺罪只有一種判刑，程義輝只可能就定罪上訴，方法是把相關文件，包括列明理由的上訴通知書呈交至上訴法庭。

上訴理由可以有很多，但撇除一些比較技術性、相對不易讓讀者理解的「涉及法律問題的理由」，例如審訊、檢控程序有問題、判決的法律觀點有誤等，剩下的主要就是「涉及事實問題的理由」，直白點說就是關於定罪的證據。

從這個方向想，要爲程義輝脫罪有兩個可能性：一、找出程義輝不是凶手的證據，或推翻原本證明程義輝是凶手的證據；二、找出有關眞正凶手的證據。

如果這是現實案件，只須完成第一點就足夠洗脫罪名了。不過，這是推理小說，沒有找出眞凶的話，故事就不算完整，也就是說第一和二項都要達成。但考慮到《我的偵探男友》是連載小說，我其實不用急於在短時間內完結整個案件，而且先完成第一項，讓程義輝重獲自由後，再由他親自完成第二項，在劇情發展上也較有趣。

那麼在接下來的連載，我就先要想辦法找出程義輝不是凶手的證據或推翻原本的證據。我起初以爲推翻原有證據應該比較容易，而且有很多簡單直接的方法，比方說警方採證時或者法醫檢驗時出錯，但我顯然太心急了，認眞點想就發現這樣寫很危險。警方或法醫不是不可能出錯，但總得有個合理原因。儘管在現實世界裡，「不小心」是最常見的出錯原因，套用在小說世界裡卻會給人牽強的感覺。在沒有伏筆的支持下突然說警方或法醫出錯，這樣根本無法滿足推理小說的「合理性」。

而且，如果換成讀者的角度來看，在上一回連載中，法庭根據控方的證據裁定了程義輝的罪，在下一回卻馬上說證據有誤，這樣的故事發展不是太突兀了嗎？讀者可能會感覺到我很急於推翻剛發生的故事，有機會引起不必要的注意和懷疑。如果有學者或評論家細心研究，或許會發現在前四話中的遣詞用句和以往的連載有異，因而察覺到代筆作家的存在，這就麻煩大了。

不要急！——我提醒自己。先說找到程義輝可能不是凶手的間接證據，然後藉此成功申請上訴許可，接下來找到更多確切的證據，在正式上訴時逐一提出，這樣慢慢發展故事，應該會比一下子推翻一切合情合理得多。

至於周詠詩那邊似乎比較麻煩，畢竟這是寫實作品，人死不能復生，我暫時唯一想到的方法就是說已死去的人其實不是女主角。但我又會面對相同問題，不能貿然說法醫驗錯屍，否則就有違「合理性」。我在想，如果那個代筆作家在前四回連載中寫得不夠縝密，或許我可以找到其中的漏洞來加以利用。所以我現在應該先做的，是細心閱讀由那個代筆作家撰寫的第一百七十七至一百七十九話的連載……

「糟了！」想到這裡，我突然按捺不住驚叫起來，因爲我竟然忘記了今日約見顯琪的重點——拿過去三期的《淑女週刊》樣書。

我和顯琪以往通常每兩至三個月最少見面一次，她就會把這段期間出版的《淑女週刊》樣書拿給我。其實《淑女週刊》對我來說有點雞肋，除了我在小說中形容周詠詩的衣著和打扮時會參考一下外，這種女性雜誌基本上沒有什麼東西適合我看。我也不會翻閱《我的偵探男友》，因爲那是我寫的，我有需要重看的話打開自己的電腦就可以了。偏偏這幾話不是我的手筆，我急需參考，卻忘了問她拿樣書。更要命的是《淑女週刊》到了這個年頭仍沒有網路版或電子版，難怪它幾乎面臨停刊的命運！

我忽然想起，早前我正要離開咖啡店時，顯琪問我是否眞的沒有話要對她說。那個賤女人顯然記得要給我雜誌，卻故意不提醒我，眞可惡！

現在距離截稿日只剩下三日，每期連載要提交四千至六千字的稿件。以前的我如已構思好內容的話，大概只需要一日就寫好，然後再花數小時修稿就可以提交，但現在我還未完全恢復狀態，加上有一段時間沒寫作，恐怕要多點時間才能重拾節奏，估計要兩日寫稿、半日修稿。這樣的話，半日後我還不開始寫，就有拖稿的危險。只有半日時間的話想在網路上補購雜誌也來不及了。過去幾期又因爲造成了熱門話題，書店的雜誌都被搶購一空。可是顥琪這樣作弄我，我也不可能先認輸再去找她。眞是煩死了！

想著想著，我的頭開始痛起來，大病初癒的我看來今日已到了極限。算了，我決定先休息，明日再到網路上查找，或許會有人討論《我的偵探男友》，甚至會有盜版，我就能找到所需資料來協助寫作。

5

沒有！

沒有！

也沒有！

竟然在網路上到處都找不到《我的偵探男友》的盜版！

翌日早上醒來，距離我要開始動筆只剩半日，我迫不及待地在各大網站、部落格和討論區搜尋過去三回連載，但不光找不著完整或部分的內容，最令我意想不到的是連直接揭露故事劇情的討論都沒有。

想起來，這一切都怪我自己。我因著《我的偵探男友》走紅，這幾年來不時收到各種訪問邀請，每當說到身爲作家最痛恨的事，我必定回答盜版和劇透。劇透在推理小說中尤其忌諱，不只是有關故事的謎底和凶手等，如果作品是敍述性詭計類的作品，也不應透露類型，以免其他讀者提高戒心而失去樂趣。我經常透過訪問來教育讀者，現在看來非常奏效，我實在不知道是否應該感到高興。

一般網站上找不到，我只好去《我的偵探男友》社群平台專頁做最後的掙扎。該專頁由出版社經營，我平常基本上不會去看，一方面是因爲專頁上的貼文都和連載有關，對我來說沒有什麼好看，另一方面也是因爲我不想受留言影響情緒和創作方向。唯獨這次，我看到第一百八十話連載後就知道出了大事，馬上去看看有關這回連載的貼文，除了發現有數以千計的生氣表情外，下面的留言也多不勝數。我昨日稍微瞄過數十則留言，大都是謾罵和不滿之聲。今日我在苦無其他辦法下，回來看看大家怎樣罵「我」，愈往下看，我愈覺得那個代筆作家「厲害」，他竟能在短短四回連載中勾起讀者們如此激烈的反應，還把我這名原作者變成了千古罪人！

我看得面紅耳赤，難堪得想挖個洞鑽進去。我早年在網路平台連載小說時，其實也面對過酸民的冷言冷語，但可能那時候還未正式出道，對那些批評能一笑置之。現在我算是個資深作家了，看到這樣一面倒的負評，感覺很丟臉，好像有失專業身分。當下我真的有過一絲衝動，想找顥琪說我不寫了，那個代筆作家既然有本事把我的故事寫爛，就請他繼續連載下去好了。

可是我不甘心，不甘心兩個角色就這樣被他毀了，也辜負了讀者一直以來的喜愛。我清楚知道不少女性讀者都對愛情充滿憧憬，引頸期盼著這對偵探與助手開花結果的一天，沒料到等待著二人的竟是陰陽相隔的結局，她們一定會哭得很傷心。如今只有我能夠改寫他們二人的命運，一想到這點，我又恢復了鬥志，決定硬著頭皮去細閱那些留言。

撇開那些髒話和沒有意義的簡短留言，當中有一部分勉強算是有內容，但基本上仍是沒有提到詳細劇情，例如這些：

「還以為最後一回連載會有大逆轉，沒料到程義輝真的鋃鐺入獄，爛東西！」

「追看了幾年的好作品，在短短四回連載就把所有夢幻泡泡戳破，作者的腦袋進水嗎？」

「程義輝的殺人動機是不是太牽強呢？對方是他的青梅竹馬啊！」

「詩詩的形象一直很完美，有必要死得這麼難看嗎？作者太殘忍了。」

「還我程義輝！我們的男主角才不是殺人凶手！」

在云云留言中，基本上是一面倒認爲故事寫爛了，但也有少數讀者認爲這樣的劇情發展沒有問題。其中一個這樣寫：

「周詠詩的推理能力比程義輝強太多，最近總是由她跳出來指出關鍵證據，顯得男主角很窩囊，我都看到煩了。」

在這個留言之下，有幾則回應支持這個想法：

「她太完美了，如果是眞人，人生不會很沒趣嗎？」

「眞的，她的死或許會是好事。」

「程義輝終於要抬頭了吧？」

可以想像得到，那些反對的人緊接著跳出來反擊，之後的回應變成兩邊陣營的混戰，再沒有什麼營養可言了。

我將上述稍有參考價值的留言複製並列印出來，以便重複閱讀和看看能否找出有助寫作下一回的線索。我本來不抱期待，對下午就要開始動筆撰寫的稿件沒有任何期望，開始想是不是要向顥琪低頭。但或許是小說之神的眷顧吧，祂也不願看到我認輸，我重看了一次這些留言，驚覺自己忽略了一個重點。

昨日我看到第一百八十話連載時，怒氣攻心，只看到我的兩名主角被寫壞了，什麼細節都沒看進眼中。今日在這些留言的提示下，我終於發現這宗案件有個明顯的疑點，基於H市刑事案件的定罪原則是要達到毫無合理疑點，這個疑點或許就足以推翻法庭的裁決了……呃，怎麼這次好像是我變成了偵探，要爲程義輝申冤呢？

不過，我還是要先確認其餘三回連載中的細節，才能肯定這一點能用來上訴。還好這是連載小說，我不需要在第一回就完全翻案。寫作材料雖然有點少，但已足夠讓我撐過「重新連載」的第一回了。

6

《我的偵探男友》第一百八十一話

偵探．重生（一）

（前半略）

「囚犯五五六九九，有人想見你。」

程義輝本來一臉呆滯地埋著頭，重複著整理剛從機器生產出來的口罩，將其入袋並放入盒中，這時懲教署職員粗獷的聲音忽然從他身後傳來。

「是誰？」他疑惑地回頭問，因為他在探訪名單中只登記了少少幾位親友，除非出了什麼大事，照道理此時應該不會有人來探訪他這個被社會厭棄的人才對。

「是公事探訪。」懲教署職員露出不耐煩的樣子，似乎不想多解釋。

「哦。」儘管來者不明，但公事探訪沒有次數限制，程義輝沒有拒絕的理由，於是跟隨著懲教署職員站起離去。

沒有其他囚犯接手口罩機，也不知為何沒職員將他暫停它的運作，像是控訴著沒有人能阻止社會的巨輪不斷轉動。程義輝臨離開房間時，回頭瞥了一眼，看到機器生產出來的口罩已堆積成小山丘，他估計再過不到半分鐘，口罩就會多得掉在地上。到底那些掉在無塵室地面的口罩是否仍算是潔淨無塵？其他人會否把它們拾回包裝，裝作什麼事都沒發生，繼續供應給其他政府部門使用？他不知道答案，也毫不在乎，反正他最愛的周詠詩已經死了，而他則被永遠囚禁，外面的事物和他再沒有任何關聯。在這個世上，彷彿已經沒有值得他在乎和留戀的事情了。

他脫下工作服，離開無塵室。無塵室外的空氣沒有比較混濁，也不見得比較清新。在這個監獄範圍內，哪怕是室外，空氣都同樣令他窒息。這種窒息跟令人溺死的那種生理性窒息不同，卻更可怕，因爲它會慢慢剝奪囚犯的五感和希望，讓他們與四周的人和物同化，從而「改過自新」。

困在這牢獄兩週後，程義輝也開始放棄思考，過著刻板重複的「新生活」。但在走向探訪室的途中，他還是禁不住在想，到底是哪位議員想藉探訪他來獲得政治好處，還是哪位網紅想來看看他有多潦倒，然後回去拍影片大做文章？

他對來訪者本來不抱任何期望，可是當他走進探訪室，看到在透明隔板後方的人時，他的雙眼不期然瞪得圓大，大得幾乎要滾出眼眶外。

「你……你怎麼會在這裡？」程義輝忍不住開口問。

這卻換來懲教署職員的喝罵：「囚犯五五六九九，坐好才說話！」

程義輝快步走向透明隔板前的座位，這段時間以來一直在他體內累積並快要把他壓垮的沉鬱，在這短短的路程中一掃而空。他坐到椅子上，因剛剛被罵而略顯靦腆，抓了抓頭髮。

隔板後的訪客戲謔道：「抓頭髮和傻笑都還是你的招牌動作呢，囚犯五五六九九。」

「你也要這樣稱呼我嗎？」程義輝裝作不悅地斜睨了對方一下。

「不了，還是叫阿輝較有親切感。你……」訪客頓了一下，笑容變得有點僵硬地說：「你憔悴了很多呢……」

這段時間發生了這麼多事，程義輝一時之間也不知道應該怎樣回應，只好說：「友麟你也成熟了不少呢。」

坐在隔板後的訪客是沈友麟，他原本是程義輝的大學同學，同樣修讀醫學，但在大一升大二的暑假前往T國旅行期間，無辜捲入一宗跨境運毒案，被判死刑，後來幸得程義輝和周詠詩出手和到處求助才能脫險。（註：詳見第十三至二十話。）

沈友麟因爲這次不幸的遭遇而決定放棄醫學，離開H市到E國轉攻法律，希望將來成爲律師，能幫助其他含冤受屈或無力應付高昂訴訟費的小市民。畢業後他留在E國實習，現在已是當地執業律師。

「寒暄的話我們將來再說吧，」探訪時間有限，沈友麟不打算繞圈子：「阿輝你已經申請上訴了嗎？」

「沒有……」程義輝嘆口了氣。因爲事情有點複雜，他在腦海中整理了一下才說：「簡單來說，我被定罪後，原本協助我的律師就像失蹤一樣，再沒聯絡我，我也沒辦法上訴。」

「你沒有委託其他人去找他或其他律師嗎？」

「唉，你也知道吧，我的父母年事已高，不懂這些事。這幾年我爲了公義和替無辜者申冤，在偵查好幾宗案件時與一些祕密組織結怨，因此身邊也沒有多少好友，免得連累他們，而詩詩……所以我不知道還可以委託誰。」

「阿輝，」沈友麟直視著對方的雙眼，堅定地說：「我不就是你的好友嗎？」

「你的意思是，你要找人替我上訴？」

「不完全對。你忘了這次是公事探訪嗎？」沈友麟露出自信的笑容道：「我是以外地註冊律師的身分來探訪你，所以不用找其他人了，我就可以替你申請上訴。」

程義輝的雙眼久違地閃耀出充滿希望的神采，但他還是有點不好意思地說：

「這樣太麻煩你了……」

「什麼麻煩不麻煩的！我的命是你和詩詩救回來，再麻煩的事我也義不容辭。而且，你剛才說原本協助你的律師失蹤了，這件事就顯得更不尋常。」

「『更』不尋常？」程義輝反問對方：「你的意思是這宗案件本來已有不尋常之處？」

「對。雖然我剛趕過來，沒時間詳閱全部案情，但我從新聞報導中看到有一個疑點對你很有利，你們卻沒加以利用，我一直覺得奇怪。現在你說你的律師不主動和你談上訴的事，有錢不賺，還失蹤，這更奇怪。我在想，他會不會根本沒認眞替你辯護，甚至說不定是凶手那邊的人，故意讓你揹黑鍋。」

程義輝怔了一怔，沒想到事情竟如此複雜。不過，他仍未對申請上訴一事下定決心，吞吞吐吐了一會也說不出幾個字：「但……我……」

「我和你認識多年，你不用開口，我就知道你想說什麼。」沈友麟替他把難以啟齒的話說下去：「詩詩死了，即使你成功脫罪，她也不會復活。你重獲自由的話，反而會爲她的死感到更內疚。但我問你一句，周詠詩是你殺的嗎？」

「你瘋了嗎？當然不是！」如果不是有二人之間的隔板提醒了程義輝，他差點就氣得想站起來揍對方。

「那麼詩詩就是被其他人殺害的。你不上訴，就等同讓兇手逍遙法外，讓詩詩枉死，你甘心嗎？」

程義輝此刻終於明白上訴的真正意義。儘管周詠詩的死難以改變，他仍有必要找出眞兇。要做到這點，他就必須先藉上訴推翻法庭的定罪，重獲自由。

「我明白了，對不起讓你操心。」程義輝微微低頭說。

「沒事，你明白就好。」

「話說回來，你剛才提到的疑點是什麼？」

沈友麟沒有說話，只用眼角瞄向站在他們附近的懲教署職員。程義輝猜到對方的意思，既然兇手有能力買通自己的律師，說不定監獄內也有他的眼線，還是留待沈友麟下一次正式以辯護律師身分來探訪，屆時就能要求職員迴避，可暢所欲言。

「時間差不多了，我也想快點回去研讀判決書和準備申請上訴的文件。」臨離開前，沈友麟不忘提醒對方：「你等我，我很快就會救你出去。這段時間你要好好生活，小心不要被其他囚犯欺負。」

「其他囚犯才不敢欺負我，畢竟我是會被終身囚禁的殺人犯嘛。」

訴事宜。
聽到程義輝的自嘲，沈友麟知道暫時不用擔心這個傻瓜，可以集中精神辦理上

7

我把《我的偵探男友》第一百八十一話稿件發出去時是截稿日的晚上。雖說今日是截稿日，但雜誌編輯早已下班，稿件只要在明日上午九時他們回到辦公室前寄達他們的電郵信箱，就算是準時，所以我實際上比死線早交了半日。

翌日早上十時，我收到顥琪的訊息，她想約我下午見面。雖然她沒有明確道出目的，但她才不會跟我閒話家常，肯定是和稿件有關。她亦主動提到會把欠我的《淑女週刊》樣書帶給我，看來她也自知理虧，害我差點寫不了稿。

下午三時，我已坐在上次見面的那家咖啡店內，顥琪也準時到達。她今日的衣著變回休閒裝，看起來較親切和順眼，我也不像上次般對她很有戒心。

她剛坐好，我就直接問：「稿件的情況怎樣？」

「稿件大致上沒問題，已經完成一校和二校，開始排版，所以有點事我急著要

問清楚。」顥琪也不多說廢話，開門見山地問：「你在故事內說，沈友麟找到案中一個疑點，足以用來上訴。我想問，你是眞的想到怎樣寫下去，還是純粹亂開空頭支票拖延一下？」

「雖然我剛病癒，但我像那麼不專業嗎？」我嗆她後笑著說：「我是眞的找到案中疑點，也大致想到之後的故事發展，才會這樣寫。」

「老師我不是想質疑你，只是有點擔心。」顥琪穿回便服後性格好像也變得溫和，禮貌地解釋：「你之前說過推理小說重視鋪排和邏輯，但這次截稿前只有三日時間，我猜你只夠時間寫好一回連載，而且應該還未看過第一百七十七至一百七十九話那三回連載。你怕不怕構思中的劇情會和之前的有矛盾呢？」

她似乎怕稍後會忘記拿給我，又或者怕我再次發脾氣跑掉，馬上從袋子拿出那三期《淑女週刊》樣書，遞到我面前。

我收下樣書，並安撫她：「妳不用太擔心，這一章的故事才剛開始，而且我只是提到有一個疑點，萬一那個疑點眞的因爲之前的細節而無法使用，我就再找一個好了，一個應該不難找到。」

「唔……」顥琪繼續追問：「故事中的清潔工人看到程義輝和周詠詩發生爭

執，卻沒有目擊證人直接看到程義輝襲擊周詠詩，你該不會是想加入新目擊證人來證明他的清白吧？」

「這樣做幾乎可以馬上推翻案情，但如果有這樣的目擊證人，爲何他們之前找不到呢？」我不確定顥琪是否聽得懂「後期昆恩問題」和「合理性」原則，改以較簡單的方式說明：「比起提出全新的證據，我覺得利用現有劇情中的疑點來扭轉局面，讀者應該會覺得比較有說服力。」

「那……到底是什麼疑點呢？不如你先告訴我吧？」

「這樣會劇透啊！」

顥琪對我看來沒半點信心，這令我相當費解。即使她初次和我見面，邀請我爲《淑女週刊》撰寫連載小說時，她也不會這樣。我不知道背後的原因，但我什麼都不透露的話，她似乎無法放下心頭大石。我靈機一動，想到對我有用，也能讓她放心的一石二鳥之法。我說：「這樣吧，既然妳知道之前的劇情，我想先向妳確認一件事。」

「好啊，是什麼呢？」

「妳記得在那三回連載中，有沒有提過在凶案現場那座木橋上，找到周詠詩的衣物纖維呢？」

「唔……」顯琪不想隨便亂答，她低頭回憶了片刻才說：「應該沒提過。」

「沒提過的話我就可以在之後說沒有，就沒有矛盾，那個疑點也肯定說得通了。」

「眞的嗎？那太好了！」但顯琪還有另一個疑問：「你現在好像已找到方法救回程義輝，但我猜你應該也想救回周詠詩吧？你打算怎辦？」

「實不相瞞，這點我還未想到確切辦法。我有想過說因爲屍體腐爛發脹，剛巧負責驗屍的法醫是新手或做事隨便，所以驗錯了，那具屍體其實不是周詠詩，她實際上被禁錮在別處或當時正在遠行，但這樣說未免太硬來了。」

「對呀。」顯琪同意，並補充：「這部分眞的比較麻煩呢。故事中雖然有說屍體的容貌難以辨認，但也有提到法醫以DNA及牙齒鑑定，確定死者就是周詠詩。如果你想說是驗錯了，恐怕要花點工夫，才有足夠的說服力。」

「這樣的話眞的有點棘手。不過扣掉今日，距離下次截稿還有六日時間，我會先看看那三回連載，再想辦法。」

「這樣嘛……你要加油呢……」

顯琪露出一副憂心忡忡的樣子，我忍不住問：「妳以往幾乎不會過問我的連載內容，爲什麼這次如此在意，還好像很擔心呢？」

「欸？」她怔了一怔，然後裝作沒事地說：「我很擔心連載內容嗎？才不是！我是緊張老師你還沒完全康復而已，哈哈。」

她的演技實在太遜了，不可能騙到我，然而我窮追不捨地問下去也不見得會得到答案，只好就此打住。不過，她在上次見面時態度強硬，不肯承認代筆作家把《我的偵探男友》寫爛了，這次卻很緊張新的連載內容，背後一定有什麼原因。我忽然覺得自己也好像男主角程義輝一樣，在不知不覺間掉進了什麼未知的陰謀……

接下來，我和顯琪沒有閒聊太久就決定結帳。她在信用卡簽單上再次留下那簡陋的簽名後，我們就各自離開，回去繼續工作。

□

距離下次截稿雖然尚有六日，但考慮到我還未完全恢復狀態，我打算跟上次一樣預留最少兩日半時間寫稿和修稿。換句話說，我有約三日半時間研究那三回連載和思考新一回連載的內容。

我本來以爲時間很充裕，因爲約見顥琪後回家當晚，我就看完了那三回連載，畢竟那只有約一萬五千字，我的閱讀速度雖然有點慢，但也在一個半小時內讀完。

有關我打算用來替程義輝上訴的那個疑點……不，是我打算讓沈友麟用來上訴的那個疑點，顥琪說得沒錯，我確認了和之前的情節沒有衝突。在那四回連載內，並沒有提到警方在那座木橋上找到任何衣物纖維，死者的衣物也找不到，應該是被沖出海，只有屍體被海浪捲到沙灘上。實際上，故事中有關這部分的描述不多，那三回連載內幾乎沒有其他額外資料，我有很大的發揮空間。

可是，周詠詩那邊卻完全相反，劇情寫得近乎天衣無縫，她的死彷彿是板上釘釘，除非我眞的說法醫弄錯或有人調換了屍體，但前面完全沒有相關的伏筆，會有違「合理性」原則。我茫無頭緒，後來開始瘋得想用一些近乎奇科幻的元素來解釋，例如假死藥，但故事曾提到周詠詩的屍體「面容模糊，表皮都幾乎剝離了，表皮和肌肉較薄的部分，例如額頭、手背、膝蓋、腳尖等，甚至露出白骨」，就算她能裝死，這些都不可能輕易僞裝。

三日的時間轉眼就過去了，我完全沒轍。我已做好最壞打算，最後半天仍沒有靈感的話，就決定周詠詩這邊暫時不提，先集中寫程義輝那邊，希望拖延到下星期會有轉機。

我不再看那三回連載了，改爲隨意翻閱《淑女週刊》，打算轉換一下心情，下午就開始寫稿。無意間，我翻開了上星期已經看過的那一期，有一張紙從中掉落，那是我上星期列印出來，上面印有從社群平台複製下來的留言。

我還記得正是這些留言，讓我察覺到埋藏在第一百八十話的那個疑點。沒料到，這些看似沒有什麼實質內容的留言，竟再次衝擊我的腦細胞。重讀之後，我猶如醍醐灌頂，忽然想到周詠詩那邊的劇情可以怎麼續寫下去，更明白顥琪在兩次見面時態度截然不同的理由——我似乎眞的在不知不覺間掉進了某種「陰謀」。

嘿！既然是這樣，我就成全你們，就讓你們見識一下我怎樣把兩名主角「復活」過來吧！

8

《我的偵探男友》第一百八十二話

偵探．重生（二）

沈友麟離開監獄，前往律師事務所。這家事務所是由友麟大學教授的朋友開設，大學教授得悉程義輝的情況，也知道對方是學生的恩人，二話不說就聯絡他的朋友，由這家律師事務所代為申請，好讓沈友麟一回到H市就能進行公事探訪。稍後沈友麟也會以這家事務所的名義申請上訴。

沈友麟跟事務所負責人問好和安頓好後，事務所的書記就將有關這宗謀殺案的案情、判決書等交給他。他沒有耽誤一分半秒，連忙開始工作，希望能儘快救出程義輝。當晚研讀完案情的友麟，覺得事情其實並不複雜——

在某日清晨，M河下游出口附近的一個海灘上，前往該處做早操的泳客發現了周詠詩的屍體。當時周詠詩身上沒有任何衣服，屍身嚴重發脹和腐敗，表皮都幾乎剝離了，表皮和肌肉較薄的部分，例如額頭、手背、膝蓋、腳尖等，甚至露出白骨。由於屍體面容模糊，法醫須利用DNA及牙齒鑑定，才能確認死者的身分。法醫亦在死者的頭骨上發現圓形鈍器造成的外傷，也在頭部驗出血腫。其身上沒有其他致命內外傷和骨折，也沒有急性疾病或病變。

警方在調查過程中覓得一名清潔工人，表示在屍體被發現的前一日，目擊到程義輝和周詠詩在Ｍ河上的木橋發生口角，也看到程義輝的右手當時握有一個和手掌差不多大小的東西放在身後，但因距離太遠和木橋欄杆遮擋了部分視線而無法確認是什麼。清潔工人因爲要繼續工作和趕路離開了現場，沒有看到事情後續的發展。

警方因應清潔工人的證供調查了Ｍ河和那座木橋，該處距離下游出口位置約有二十公里，河流流速約每小時十公里。警方在橋下的河床剛好發現大小、形狀都和死者頭骨挫傷吻合的手掌大小圓石。法醫亦從石頭粗糙的表面和肉眼看不到的微縫中檢驗出和死者血型相同的血，因此推斷凶手使用該圓石擊向周詠詩的頭部來殺死她，然後把屍體和凶器丟到橋下，屍體隨河水漂走，石頭則直接沉到河床。

警方鎖定了程義輝爲嫌疑犯，在進一步的調查下，發現在案發前三日，程義輝和周詠詩在咖啡店內爭吵，周詠詩還當眾用咖啡潑向被告。警方把上述所有證據串連起來，認爲身爲著名偵探的程義輝不堪當眾受辱，於是動了殺機，把周詠詩約到郊外用藏在身後的圓石殺害死者。

沈友麟整理好以上案情摘要後，安心地笑了起來，因爲警方沒有在木橋上發現任何衣物纖維，也沒有找到死者的衣服，他認爲本案最大的疑點，以及他打算用來上訴的主張就能成立了。

□

「什麼？」程義輝聽到沈友麟的話後反問：「你說本案最大的疑點，就是詩詩身上沒有衣服？」

兩日後，沈友麟以辯護律師身分再次前往探訪程義輝。這次懲教署職員在可以目睹卻無法耳聞的距離監察著二人，但沈友麟不忘提醒對方：「你放輕聲一點，太大聲的話那個職員還是會聽到啊！」

「噢，對不起。」道歉過後，程義輝追問：「但詩詩身上沒有衣服，爲什麼是重大疑點？」

「在此之前，我想先問你一件事。我們接下來繼續以『詩詩』來稱呼那具屍體眞的沒問題嗎？還是改用『死者』較好？」

「我明白你的憂慮，我沒事，用『詩詩』反而可以讓我早點接受現實，也激勵我要爲她尋找眞凶。」

「這樣嗎……」沈友麟總覺得程義輝故作堅強，但對方說沒事，他也只好接受。「好吧，言歸正傳，詩詩以裸屍的狀態出現在沙灘上正構成本案的疑點。我想藉此帶出與控方截然不同的主張：詩詩不是被鈍器攻擊頭部致死，她是溺死的。」

「溺死？」程義輝疑惑地問。

「這樣吧……」沈友麟眼見程義輝茫無頭緒，改爲問對方：「這方面你應該比較熟悉，不如由你來告訴我，我確認一下我的想法是否正確。一般來說，法醫是如何判斷死者是溺死還是死後才掉進水裡呢？」

程義輝知識淵博，這難不倒他。他詳細地解釋：「溺死和死後才掉進水裡的屍體，兩者最終的分別其實不大。溺死的人固然會因爲在水中掙扎和呼吸而令肺部注滿水，但屍體泡在水裡數小時後，水也是會進入呼吸道和肺部。反而有少數溺死的人因爲喉頭痙攣而緊閉，肺部是乾的，稱爲乾性溺水，但一般較常發生在海水遇溺。因此，法醫判斷一個人是否溺死，主要不是看屍體內的積水，而是看其他間接證據和屍體上是否有其他創傷。如果死者手上握有河床的砂石或水草，或者死者的鼻竇、呼吸道或中內耳有出血，就代表死者可能曾在水中掙扎，較大機會是溺死。反之，如果屍體上有其他足以致命的外傷，法醫就可能判斷死者是先被殺再掉進水，就像本案的情況。」

沈友麟點頭，緊接道：「說回這宗案件，控方其實只依賴間接證據來指控你——你被目擊在橋上和詩詩吵架，當時你手上持有某樣手掌般大小的東西藏在身後，詩詩的頭部有鈍器挫傷和血腫，警方在木橋的正下方找到一塊手掌般大小、和挫傷吻合的圓石，於是控方把這些證供串連起來，主張『程義輝在橋上以圓石作爲凶器擊斃周詠詩，繼而把屍體和凶器從橋上棄置進M河』。但如果詩詩是溺死的話，控方的整套主張都說不通了。」

程義輝皺起眉頭，聽不明白：「但你剛才說最大疑點是詩詩身上沒衣服，這和詩詩是溺死有什麼關係？」

沈友麟很想翻對方白眼，心想他的知識這麼強，邏輯卻這麼差，居然說到這裡仍不明白，眞擔心他日後沒周詠詩幫忙，偵探事務所是否能經營下去。沈友麟只好無奈地繼續說明：「你剛才說過溺死和死後才掉進水裡的屍體『最終』分別不大，但屍體的『初期』狀態其實不一樣，這正是本案的關鍵所在。撇除少數乾性溺水的情況外，溺死的屍體肺部初期已注滿水，身體失去浮力，就會沉到水中，這時屍體會維持著像短跑起步的姿勢一樣，在水底磨擦著河床的砂石，額頭、手背、膝蓋、腳尖的皮膚因此會受到較大損傷，甚至露出白骨。此外，屍體也會在水底翻滾，衣服會被磨爛和脫落，令屍體以裸屍狀態出現。上述情況正好出現在詩詩身上。」

「相反，如果是死了才被掉進河裡，屍體的肺部仍充滿空氣，就會漂浮在水面，直至數小時後水逐漸進入屍體的呼吸道和肺部，才會慢慢下沉。但那座木橋距離下遊出口只有約二十公里，河流流速約每小時十公里，屍體在兩個小時左右就會流到大海，根本不夠時間讓屍體沉到水底翻滾，衣服會好端端地留在身上，屍體上也不會有磨擦河床造成的損傷。」

「我明白了！」程義輝終於理解到沈友麟的意思：「你認爲本案最大的疑點是詩詩以裸屍的狀態出現，再加上她的額頭、手背、膝蓋、腳尖有明顯損傷，證明她掉進河不久肺部就注滿了水，應該是溺死，而不是被擊斃再丟下河。」

「對。至於衣物爲何沒有跟隨屍體漂流到沙灘上也很簡單。由於衣服和屍體重量不同，它們在河中和大海的漂浮路線和速度不同，沖到大海的衣服沒有『剛巧』被當晚洶湧的海浪捲到沙灘上，就在大海中消失了。」

「不過，」程義輝這時提出質疑：「我覺得這個主張不夠完備，還有三個問題。第一，如果凶手事先脫去詩詩的衣服，才把她丟下橋，那麼她無論是否溺死，都會以裸屍的狀態出現啊？」

「對，所以單純以裸屍的狀態出現並不夠，必須加上有磨擦河床造成的損傷，才像是溺死。這兩點都有出現在詩詩身上。」

「明白。第二，就算詩詩眞的是溺死，控方也可以說是被我推下橋啊？」

沈友麟早就想過這點，道出這件事不可能的原因：「你只是個文弱書生，假如你要把詩詩丟出橋外，你不可能直接舉起她並拋出去，你必須利用木橋欄杆借力，把她托到欄杆上，再翻出橋外。如果她是淸醒的話當然會掙扎，卽使她已被你擊昏，你把她托上欄杆再翻出去，木橋多多少少會勾到詩詩的衣服，留下衣物纖維。可是，控方卻沒有提交在橋上找到的衣物纖維報告，因爲他們根本找不到。實際上，根據上述原因，沒有在木橋上發現任何衣物纖維，也代表詩詩不是被你從橋上丟進河，無論她當時是否活著。」

「但還有第三個問題。」程義輝說：「控方可以說我不是在橋上，而是把詩詩引到橋頭附近殺死，再推她下河，這樣欄杆就不會有衣物纖維。」

「也不行。」沈友麟解釋：「控方的主張是『程義輝在橋上以圓石作爲凶器擊斃周詠詩，繼而把屍體和凶器從橋上棄置進Ｍ河』，但如果你是在橋頭附近殺死詩詩，那塊圓石爲何會在橋的正下方？」

「如果我先在橋上擊斃詩詩並丟掉圓石，再把詩詩帶到橋頭附近推下河呢？」

「這就回到同一個問題：木橋上沒有發現任何衣物纖維。屍體不是剛體，以你的體格沒有能力把屍體淩空捧著。你要把屍體帶到橋頭附近的話，就只能用拖的，那就會在橋面上留下拖拉的痕跡，也會因爲磨擦而在橋面留下詩詩的衣物纖維。」

「如果我先把她的衣服脫掉呢？」

「還是會有留下拖拉的痕跡，而且在沒有衣服的保護下，屍體也會留有被木橋磨擦造成的損傷。實際上，近橋頭位置的河道較淺，你在那個位置把屍體推下去的話，屍體很可能擱淺在河邊沖不走。」

「那……」程義輝還想提出質疑。

「阿輝，夠了。」沈友麟打斷對方：「我想你當偵探當得太久，忘了我們這次是辯方，不是控方。提供毫無合理疑點的證據是控方的責任，但我們身爲辯方只須令控方的主張暴露出不合理之處卽可，我們提出的主張並不用滴水不漏。你要繼續說的話，一定可以找到讓你成功不留痕跡地把詩詩在橋上擊斃並丟下河的方法，但那些方法將會近乎超越常理，例如在橋上組裝投石機把屍體拋進河之類。但如果控方眞的打算提出你用了這些荒謬方式殺人，他們就要找到相對應的證據，這是不可能的，所以你也不用想太多了。」

「噢，你有道理，哈哈……」程義輝忽然想到另一個不解之處：「但我還是有一點不明白。你說詩詩是溺死，卻不是被丟下水，那麼她是怎樣掉進河裡？」

「我想先澄清一點，我沒有完全排除詩詩是被丟進河，我只是說你沒有能力在木橋上不留痕跡地把她丟進河。如果凶手有足夠的力量把詩詩拋過欄杆，還是有可能發生。不過，比起凶手是大力士，我比較傾向相信另一個可能性：詩詩是自己攀上欄杆，然後跳下水的。」

「不可能！詩詩一向堅強開朗，也沒情緒問題，她不可能自殺！」程義輝激動得大叫起來。

「你冷靜點！我沒說詩詩是自殺。最大的機會是有人事前知道詩詩不懂游泳，強迫她跳下去的。」

「是誰這麼過分？」

「當然是凶手啦。至於動機是什麼，凶手怎樣威脅詩詩跳下去，以及凶手是誰，我還找不到任何線索。這可能要等到你恢復自由後再調查了。」

「對了，」沈友麟差不多把要解釋的都說完了，想補充一點：「那塊對詩詩造成頭骨挫傷和血腫、所謂凶器的圓石，我猜它是『無辜』的，它本來就在橋下方的河床。由於河水不算深，詩詩被迫跳下水時不巧撞向圓石，頭部於是留下傷痕，圓石也沾上了詩詩的血。我們之後可以找專家比較那塊圓石下方和附近的河床生態，應該可以判斷那塊圓石是否本來就在河床那個位置，足以成爲一項有力的證據。說起來，這宗案件的疑點未免太多了，你的辯護律師可能眞的被買通了，但你也發現不到嗎？」

「這個嘛……或許是當局者迷吧，哈哈。」程義輝傻笑著抓抓頭髮。

□

沈友麟在律師事務所同仁的協助下，準備好上訴文件，正式向上訴法庭申請上訴許可。不久，上訴法庭批出了上訴許可，也批准程義輝在等候上訴期間保釋，但須沒收所有旅遊證件，不得離開H市。

程義輝暫時重獲自由，離開監獄時看到沈友麟已在外面等候他，高興得撲上去說：「友麟，謝謝你，從今起你也是我的救命恩人了。」

「你不要高興得太早，現在上訴法庭只是批出了上訴許可，案件還要排期審理，待上訴成功後再多謝我吧。還有，不要迷戀哥，我才不會當你的男朋友。」話畢，沈友麟就把對方推開。

「神經病，等候被我寵幸的女孩多的是。」程義輝故作輕佻地說。

程義輝取回個人物品，馬上開啟手機，打算叫車。沈友麟剛好看到，就問他：「你想去哪？我可以送你過去。」

「不用了，我想自己去。」程義輝收起了笑臉回應。

看到程義輝的反應，沈友麟猜到對方想去什麼地方，就不勉強他了。

畢竟人生中有些事情，終究只能自己去面對。

□

周詠詩的喪禮早已辦妥，她的骨灰安放在M河後山的骨灰龕場。程義輝到達周詠詩的龕位前拜祭，並把裝有手鍊、手掌般大小的灰白色首飾盒放到供奉桌上。

M河上的木橋是程義輝向周詠詩表白的地方，該處對二人別具意義，沒料到也成爲二人天人永隔之地。

案發前三日，程義輝和周詠詩在咖啡店發生爭執，他打算主動跟對方道歉和好，於是相約對方到這個特別的地方，還準備了手鍊作爲小禮物賠罪。但他們在橋上再次吵起來，程義輝原本藏在身後的小禮物自然無用武之地。

程義輝站在龕位前後悔不已，甚至不敢望向周詠詩的照片。如果他當日能保持心平氣和，不跟她吵架和丟下她一個人在那偏僻之地，凶手就不會有機會下毒手。程義輝認爲他對周詠詩的死難辭其咎，儘管他不是凶手，仍覺得自己應當受罰，這才是他當日在獄中不積極上訴的眞正原因。

他低下頭懊悔之際，眼角忽然瞄到一個跟周詠詩相似的身影。

莫非詩詩只是裝死？——這個念頭在程義輝的腦海中閃過。他霎時重拾希望，趕緊向著那身影全速跑去。

「詩詩！」他高聲叫住對方。

然而當對方把身子轉過來時，程義輝卻肯定自己搞錯了。那名女孩穿著短袖露臍休閒上衣、牛仔熱褲和白布鞋，頭髮剪得很短，看來是個爽朗、不拘小節的人。

雖然對方的身形跟周詠詩相似，氣質卻大相逕庭，丁點沒有周詠詩那種高貴端莊、認眞和知性的感覺。

「呃……」女孩露出有點不屑又有點尷尬的表情回應：「我的名字有『詩』字，但我猜你應該是認錯人，因爲從來沒有人會以如此幼稚的別名來稱呼我。」

程義輝還在打量著對方，留意到她的樣子和周詠詩有相似之處，他的偵探直覺認爲她們有血緣關係，於是問：「所以妳是周詠詩的……」

「我是她的妹妹周頌詩。」

「我好像沒聽過她說有妹妹？」

「畢竟我離家出走快十年了，家裡或許已經當我不存在。如果不是姐姐先走一步的話，我也不會回來……這些往事就算了。」說到這裡，周頌詩多少猜到對方是誰，反問他：「你就是『死神』嗎？」

「對……哈……」程義輝和周頌詩才第一次見面，對方竟呼喚他因經常遇到凶案而得到的別號，加上他剛才認錯人，尷尬不已，遂打算自嘲來改變氣氛：「對不起，死神把……把妳的姐姐也剋死了……」

然而他沒法把話好好說完，就忍不住抽泣起來。周頌詩對他來說本應是個陌生人，他卻在對方身上看到周詠詩的影子。得悉對方的身分後，他這幾個月以來故作堅強的心防不知何故在頃刻間土崩瓦解，再也無法壓抑內心翻滾的情緒。

周頌詩對這個突然哭起來的男人感到不知所措，無奈地只好嘗試安慰他：「什麼剋死的我才不相信。這麼容易剋死人的話，你就應該去當殺手，不是偵探。」

「但如果……如果不是我丟下她一個人，凶手……就不會有機可乘……」

「就算你當下沒丟下她，你們稍後仍然會分別，她終究會有獨處的時間。難道你要一輩子貼身看管著她嗎？」

程義輝聽到對方的駁斥感到有點釋懷，反而哭得更厲害。

周頌詩對他的軟弱感到煩厭，無法再裝好人，忍不住喝道：「喂！男朋友，別哭了！哭得人心煩意亂！」

「欸？」程義輝聽到不得了的稱呼，停止了哭泣，反問：「妳叫我『男朋友』？」

這回到周頌詩反問：「你不是姐姐的男朋友嗎？」

「呃，對。」程義輝這時才明白，她是不知道自己的名字才這樣稱呼他，於是要自己別想太多，連忙自我介紹：「我叫程義輝，妳可以叫我阿輝。」

「我有特殊的記憶障礙，記不住人名，反正都是一句，還是繼續叫你『男朋友』吧！好了，不要囉嗦，我們走吧！」

「走？走去哪？」

「當然是爲姐姐尋凶報仇！我在整理姐姐的遺物時，發現了誰是凶手的線索，我帶你去看……」話未說完，耐性有限的周頌詩就拉著程義輝的手跑了起來。

事情發展得太快，程義輝完全傻眼了，又不好意思叫停對方，只好擦乾眼淚，抓了抓頭髮，跟著這個看來有點亂來的周頌詩，走向未知的新旅程……

9

最新一期《淑女週刊》將於明早發行到各銷售通路，今日下午我就迫不及待發訊息給顥琪，想問她何時可以取樣書。

她回覆：「大約今日黃昏時分，印刷廠就會把樣書送來辦公室。你想我們在哪見面？」

「我直接上來辦公室找妳吧。」

我會如此著急取樣書，除了《我的偵探男友》第一話連載之外，這應該是第二次。不過，醉翁之意不在酒，我眞正的目的是想早點見到顥琪，親口確認我的推斷是否正確——她和代筆作家之間存在著的某種「陰謀」。

□

我到達《淑女週刊》的辦公室，職員引領我到顥琪的房間。

我關上房門坐好後，她率先開口說：「沒想到你會主動找我拿樣書呢。」

我藉機反過來嗆她：「我也沒想到妳收到稿件後，竟沒有話要主動跟我說。」

她眨了眨眼，一臉疑惑地問：「我有什麼話要跟你說呢？」

「就是我救回程義輝和周詠詩的方法，是否符合妳和代筆作家心中的答案。」

「你……」顥琪勉強壓抑住內心的吃驚：「我不明白你的意思呢，哈哈。」

「妳不用裝傻了，我已大致上知道是什麼一回事。」反正沒有隱瞞的必要，我乾脆直接說出我的推測和根據：「我出院後第一次約妳出來時，妳準備十足，極力爲代筆作家的稿件辯護，也表現得有點冷漠。但第二次見妳，妳聽到我說找到疑點，卻表現得很關心和著急。當時我對妳的反應感到疑惑，一直想不通，直到最近才終於推斷出原因——代筆作家撰寫那四回連載小說中的劇情，妳是知道的，而且獲得妳的首肯，所以當我批評那些劇情時，妳才會顯得充滿防衛性，還繞個圈來勸退我不要公開那四回連載不是我的手筆。也因此當我說我找到疑點後，妳很緊張，因為那個疑點是代筆作家刻意留下來的，妳怕我找不到或者找錯就麻煩了。」

「這……」她猶豫了片刻後，決定直話直說，一臉歉意地道：「既然你大致猜到了，我也不得不承認，對不起。」

「妳搞錯了，我沒有不高興。」我笑著安撫她：「這樣說吧，我起初真的很氣憤，你們竟然把我的兩名主角弄得這麼慘，但現在我才覺得應該要感激你們。最近我看到讀者在《我的偵探男友》專頁上的留言，他們批評周詠詩的形象太完美，把程義輝完全比下去，也令他沒有發展機會。其實我之前也察覺到這個問題，但周詠詩的角色已在這百多回連載中定型。我曾想過寫她遇到意外，藉此改變她的思想和行為，但一直無法下定決心，擔心讀者會不高興。現在因為那個代筆作家寫死了周詠詩，我才終於把握這個機會換掉女主角。」

「你不是不會看社群網站的讀者留言嗎？」

那次我其實是想找前幾回連載的劇情才會看，最終雖然找不到明確劇情，但還是看到有用的提示。其中一名讀者說作者太殘忍，把周詠詩的死寫得這麼難看，我才憶起控方在結案陳詞中，有提到不諳水性的周詠詩以裸屍狀態出現在沙灘上，於是想到她是溺死；到第二次重讀，我看到有讀者認爲周詠詩的形象太完美——社群平台專頁是由出版社管理，我估計類似的留言早就出現過，顥琪或許也看過——於是猜是顥琪默許代筆作家寫死她。

當然，我不好意思說我看讀者留言的眞正原因，只好胡扯個說法：「偶爾看看，和讀者互動交流一下，其實也不錯啊。」

「不過我要澄清一下，案中的疑點我是知道，但你要怎樣拯救周詠詩，其實我和代筆作家都沒有確定想法。你選擇不救回周詠詩，改爲加設她的妹妹作爲新角色，我覺得很有趣啊，儘管有點老套。」

「橋段不怕老套，最重要是讀者接受。姐妹有微妙的相同之處，既不算是全新角色，也有發展新故事的空間。我還故意說妹妹離家出走了一段時間，之後就可以寫他們一同回憶姐姊的往事，讓舊讀者有共鳴。如果採用全新角色，男主角總不能對著她不斷提起前女友的事吧？而且，我寫周頌詩記不住人名而使用『男朋友』

這個稱呼，之後敍事視點改爲周頌詩後，還能切合作品原來的名字『我的偵探男友』，不用修改。」

「你說得也有道理。」顥琪點點頭說：「而且，這章故事以辯方角度出發，也很有新鮮感，不像一般推理小說要找證據來指證凶手。對了，如果將來周頌詩死了，你要再來一個姐妹，我已經想到名字，可以叫周吟詩。」

我一時間說不出話來，因爲這個名字土得我也不想吐槽了，而且我才不會讓新的女主角經歷同一不幸。但我還是要感謝她：「無論如何，謝謝妳讓《我的偵探男友》的劇情有這麼有趣的走向，但如果下次有劇情建議，不妨直接跟我說，不用指示代筆作家這樣寫。」

「咦?你好像誤會了。」顥琪連忙跟我說清楚：「我是事前知道和同意那四回連載的劇情走向，但那是代筆作家他閱讀過之前的連載，留意到作品有什麼改善空間，才構思出來的發展，並不是我要求他這樣寫啊!」

我突然想起，之前我罵代筆作家寫的幾回連載都是垃圾時，顥琪曾說「你早晚會同意這幾回連載不是垃圾」，我曾以爲這是顥琪自我防衛或自吹自擂的說法，但如果劇情是代筆作家構思的話，他就一點都不簡單了。他到底是何方神聖，能觀察到《我的偵探男友》的問題，並將故事推向這全新局面呢？

說起來，雖然我猜到他們二人共同謀畫，但我至今仍不知道是誰爲我代筆，於是問：「其實代筆作家是誰呢？」

「這個嘛……」顥琪忽然露出奇異的笑容，好像是有點高興，又有點靦腆。「我曾答應過他不能說，畢竟一般而言他不會做代筆這種事，而且事情如果公開的話對他也沒有好處。但當日你忽然病倒，他看到我苦無辦法，也知道是你的作品，才決定出手幫我。」

「他認識我？那我認識他嗎？」

「當然，你肯定認識他。」顥琪遲疑了半晌後說：「這樣吧，你答應我不會洩露出去，我可以偷偷告訴你。」

我斜視著她道：「妳不是答應過他不能說嗎？」

「我不能說，但我可以用其他方法告訴你，哈哈。」

顥琪眞是慧黠！我沒有拒絕的理由，說：「好，我答應妳，我會假裝什麼都不知道。」

她聽到我的回應後，就從身後的書架取出了一本《后冠雜誌》，指著印在封面上連載推理小說《78》的作者名字。

那一刻，我震驚得說不出話來。

還記得之前我有幸跟錢老師見面，他說希望將來有機會跟我合作，我以爲那是客套話，沒料到我竟然會在不知情的狀況下跟他以這種方式「合作」，這實在太令人難以置信。然而也的確是他，才有能力發現《我的偵探男友》已漸露疲態，並藉代筆的機會，在短短四回連載中推它出絕路。

良久，我勉強從震撼中稍微恢復過來，追問：「妳怎可能找到他做這種事？」

「噢，這有何難？我們是家人啊。」

「家人？」

「你不知道我姓錢嗎？」她指向她的職員證，證明所言非虛。

經她一說，我才察覺到在前兩次見面，顥琪在信用卡簽單上從下到上畫了一條像蛇的曲線，然後加了兩筆，那原來是符號「$」的雙豎線版本，代表錢，也即是顥琪的姓。

我回應：「妳從沒發過名片給我，我一直以爲顥琪是妳的筆名，根本不知道妳姓錢，也不知道錢老師是妳的弟弟。」

「是哥哥！」不知道她是跟我鬧著玩還是眞的不高興，高聲喝道：「可惡！我有這麼老嗎？」

「我不是這個意思……或許是錢老師保養做得好吧。」

「這更可惡！你知道我每個月花多少錢買保養品嗎？但那小子只是用清水洗臉，還什麼都不願擦，說很黏很麻煩……」我似乎不小心觸動了顥琪的某個開關，她之後繼續喋喋不休地訴說著她的不甘心以及有關錢老師的趣聞。聽到錢老師被稱爲「那小子」，我不禁覺得既有趣又可愛，也對錢老師多了一份親切感。

□

在回家的路途上，我幾乎是又蹦又跳地走著。雖然跟錢老師以這種方式合作的事我無法公開說出來，但仍是會心花怒放得難以言喻。

這時我忽而憶起，當年顥琪會找上毫無名氣的我爲《淑女週刊》撰寫推理小說連載，說不定是錢老師的推薦所致。下次見到顥琪時我一定要問個淸楚，再行向錢老師道謝。

我也開始思考著「重新連載」的第三回及之後的內容。接下來將會是周頌詩帶程義輝看到有關凶手的線索後，他們二人如何把眞凶送上法庭，正式爲程義輝洗脫罪名，並替周詠詩報仇。和之前的兩回連載相若，比起創作全新角色來當凶手，我傾向從過去的連載中挑選現有角色，會比較符合「合理性」原則。這點應該不難做到，我只要翻閱較早期的案件，找一個曾因周詠詩的機智而被繩之以法的罪犯，說他出獄後回來復仇即可。這樣引用舊案件，或許也可以吸引新讀者補購舊期數呢。

至於那是什麼線索，我亦有一點頭緒。我記得在「隕落的二人組」那四回連載內，曾提到周詠詩的衣物不知所終。她的衣物是屍體在M河浮浮沉沉時脫落，如果說之後擱淺到某個不顯眼的地方，甚至繼而被人撿走了，似乎都是可行的發展，也能呼應原有的劇情。

故事的後續我總算大致想通了，我高興地掏出手機，打算到社群平台留言，呼籲讀者記得明天要買新一期《淑女週刊》，並暗示會有全新的角色登場。自從那次之後，我好像不再抗拒和讀者互動，有時候也想看看他們對作品的看法——當然，我不會被他們牽著鼻子走，但參考一下也無妨。

但常言道「樂極生悲」，我實在太得意忘形了，只顧著看手機沒有留意路面狀況，倒楣的事也因此悄悄地降臨到我身上。

我剛走到轉角處時，一名小孩踏著電動滑板車在人行道上風馳電掣，高速地飆了出來。我眼角餘光瞄到他的瞬間已馬上閃身躲避，雖然沒被撞個正著，卻仍被他擦到，摔向路旁。我的身子隨著衝擊往後仰，頭在搖晃間撞向後方的牆壁，一陣劇烈的震盪貫穿腦袋。在迅雷不及掩耳間，我已感到天旋地轉，眼簾變得異常沉重。

我知道我即將昏過去，但我不知道我會昏多久，而且我這時仍沒有存稿。

一個令我直打哆嗦的可怕念頭忽然在我的腦袋中閃過。

在那千分之一秒間，我暗自祈求：萬一錢老師再次代筆，千萬不要說程義輝上訴失敗，也不要殺死周頌詩啊⋯⋯

〈作家不在場的謀殺〉完

致命的誤會

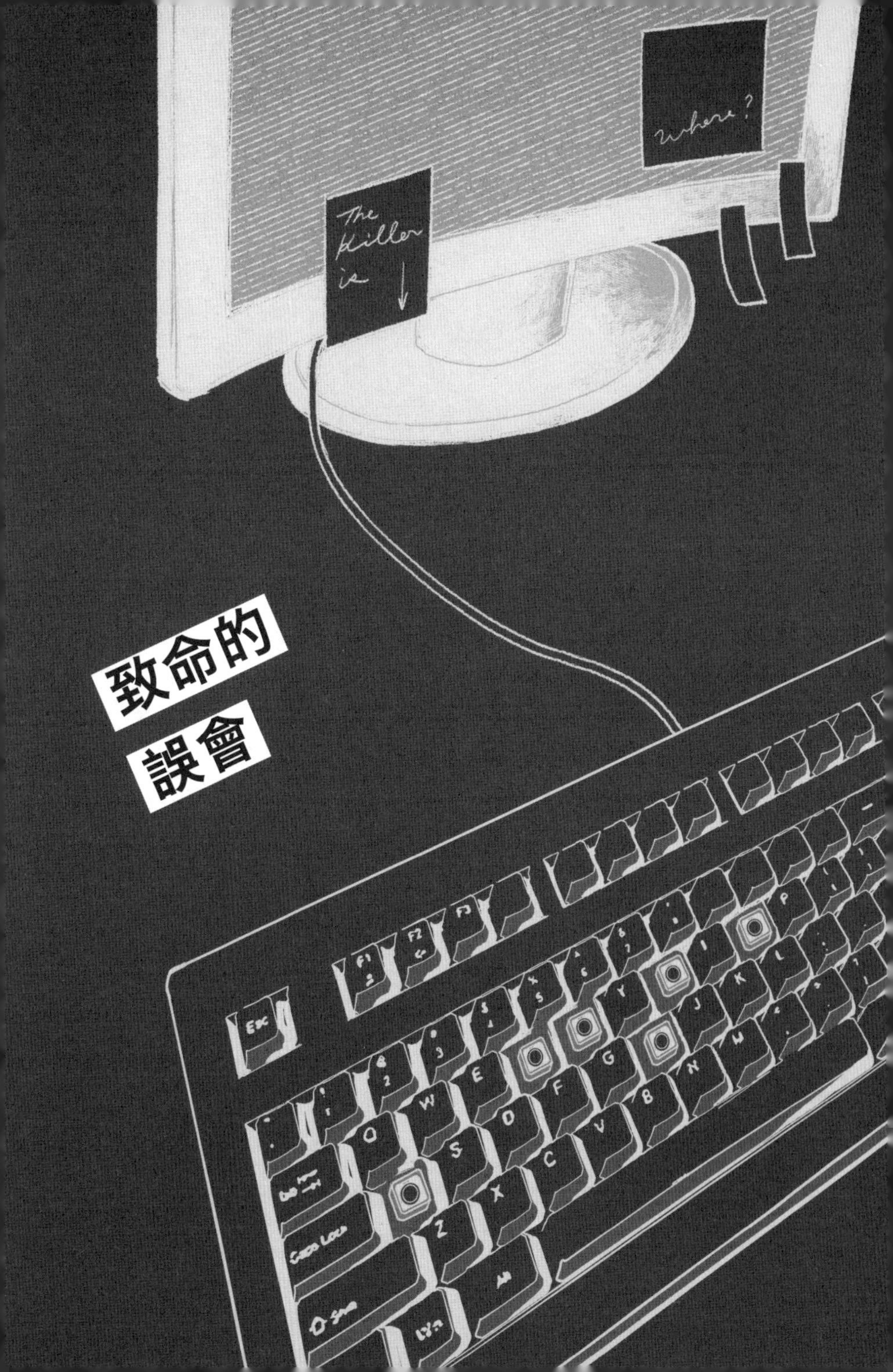

到底是我倒楣，還是她倒楣？

有些人、有些事，你不想面對，他們偏會出現，而且總是爲你帶來莫大的困擾。就像你今天穿了黑色的正裝，信心滿滿出門去面試，路上偏偏種植了木棉樹，木棉樹偏偏正進入果實成熟期，果莢偏偏此刻爆開，飛絮偏偏散落到你的衣服上。更糟的是你有過敏體質，小則噴嚏打個不停，大則呼吸困難，甚或有生命之虞。

家欣正是這棵木棉樹。這已經不是第一次要去醫院探望她了，這次更發生在我結婚擺喜酒的日子。怎麼搞的，這可是紅白事相沖啊，我到底要不要去？

「婉妤，家欣倒下了！」

我剛敬完酒，帶著一身疲憊與繃緊的臉頰回到新娘休息室，正準備換下敬酒服、改穿上送客禮服之際，慈萱就氣喘吁吁地跑進來如此大喊。

「欸？」我疑惑地反問：「家欣嗎？她剛才不是好端端地跟著我們敬酒嗎？」

「對呀，但結束不久，她回到座位後，就好像很不舒服。跟她同桌的人過來求救，我們三個伴娘走去看的時候，她趴在桌上，臉色蒼白，呼吸急促。」

「這麼嚴重啊……那……」我微張開嘴，眼神閃爍，想去抓頭髮卻發現弄好了不能隨便碰，「那現在外面怎樣？」

「品玟跟顗靜在處理，她們打了一一九叫救護車，我負責進來跟妳說和協助妳。妳不用緊張，先換好衣服吧。」

我聽從慈萱的建議，繼續換裝。

我的敬酒服是貼身的大紅色旗袍，送客的是裙襬如盛開之紫羅蘭的長禮服，無論是脫下前者，還是穿上後者，都得花上不少的工夫與耐心。我對家欣的情況擔心不已，在心煩意亂下更顯手腳笨拙——有些時候，我還是很在意她——幸得慈萱一邊安撫我，一邊從旁協助，否則這兩套禮服肯定會遭殃。

換好送客禮服，我們正打算回到宴會廳時，品玟剛好推門進來。

「怎麼了？」我搶著問。

「救護車來了，顗靜陪伴家欣去醫院，外面暫時沒事了。」

「只有顗靜一個人跟去嗎？」我不禁提高了音量。

「顗靜是我們之中最聰明的人，一定沒問題的。妳就放心繼續跑剩下來的流程，我們結束後再去探望家欣就好。」

這哪裡沒問題了？但我沒有回話。

我回到主桌，因爲裙襬太大不想坐下，昱翔見狀馬上站起來，關切地指了指我們的餐點，「妳要吃一點嗎？」

我還沒回應，他已經伸手拿起盤子。但人在太緊張、太忙亂、腦袋被各種有的沒的塞滿的時候，就算肚子空空如也，也可以沒有食欲。我擠出淺淺的微笑，只道出其中一半的原因婉拒：「不了，我剛補了口紅。」

「那喝一點茶吧？我有帶吸管。」昱翔眞是暖男，居然連吸管都預備好，我嫁給他眞是太幸福了。

我點頭，他就轉開放在桌上的保溫瓶，倒了一點金銀花茶給我。

這瓶茶是我媽今天爲我準備的，她說我這幾天忙於籌備婚禮和應酬，睡眠不足又吃了比較多油膩食物，特意沖泡給我清熱降火。我作爲她的女兒，好像也繼承了細心的性格。

我吸了幾口茶，期間到處張望，留意到賓客之間似乎比之前熱絡。不過，我觀察到他們在對話的同時，經常有意無意地偷偷瞥向主桌這邊，顯然不只是普通的閒聊。他們可能在討論剛才發生的事，卻不敢直接走過來八卦。

我是可以理解啦。我平日散發著特殊的氣場，大家都不敢招惹我，除了家欣。

家欣跟我是大學同學。在迎新宿營時，我跟家欣、慈萱、品玟、顗靜同組，所以我們不久就很熟稔，只是當時應該想不到十多年後仍會經常聯繫，也當然想不到家欣有腹黑的一面。

剛升上大學時我加入了刺繡社團，想要學習放鬆，以及鍛鍊神經與肌肉協調。學期初社團在教十字繡，算是刺繡中最基礎的針法。簡單來說，就是用針線來編織一個又一個的交叉，只要跟著圖紙耐心地一步一步編織，基本上任誰都可以完成刺繡圖案。

那個時候家欣很沉迷動畫《北極熊咖啡廳》，她說最初只是被動畫的聲優吸引，沒想到故事也滿有趣的，就介紹給我們一起看。慈萱、品玟跟顗靜看了一下覺得還好，劇情缺乏張力，倒是我很喜歡這種小品，我就跟家欣一直追看。

家欣生日在即，我想利用剛學會的十字繡製作小禮物給她，順道當作練習。在《北極熊咖啡廳》中，她喜歡北極熊，我喜歡熊貓，我於是打算編織這兩個角色到手帕上。《北極熊咖啡廳》的角色當然沒有現成的十字繡圖紙，但只要把角色的圖案變成低解析度的點陣圖，就有異曲同工的效果。

「啊，這超美的，而且很有意思，彷彿象徵我們兩人的友情呢！」家欣收到禮物時看來非常喜歡，笑得合不攏嘴。當時慈萱、品玟、韻靜都在，也嘖嘖稱奇。

可惜她只是「看來」喜歡，我實在沒想到她這麼會演戲。

下課送完禮物，我就趕去上社課，留下她們四人繼續聊。才走了幾步，我發現我將針線包遺留在抽屜，折返回到教室門外時，不巧聽到家欣對她們三人說：「婉好知道我喜歡《北極熊咖啡廳》而故意弄這個給我，眞的很有心機呢！」

那天我沒有取回針線包，社課也沒有去上，就這樣哭著跑回家。

我自問對她不錯，精心準備禮物，她就算不喜歡，也不必在背後說我很有心機吧？

忽然想到，《北極熊咖啡廳》內的北極熊，平日是好好先生，成熟且很會照顧人，卻會對灰熊展現腹黑的一面。她會喜歡北極熊，回想起來或許正是內心的投射，一個佛洛伊德式錯誤。

木棉樹果然只適宜遠觀。它的飄絮很美，只要出現在適當時機，只要不是落在我的身上，只要沒有被踩個稀巴爛。

因此，木棉樹最好還是不要存在於日常周遭。

我們的友情早該在大學畢業時就結束。

我實在很後悔邀請了家欣過來。老實說，如果不是慈萱建議，我不會希望再看到她，也不會讓她有機會在喜宴會場鬧出事情來。

婚禮前一個月的某天，我跟慈萱、品玟及顗靜正在籌備婚禮與喜宴的流程，期間慈萱問：「對了，婉妤，家欣聽說妳要結婚，託我問妳可不可以當妳的伴娘。」

「欸？」我把話題稍微拉遠一點，來爭取時間思考，「我也不知道原來妳們這麼熟稔。妳們會經常聯繫嗎？」

「還好吧，就偶爾會閒聊，剛巧聊到最近在做的事，就告訴她了。妳不希望她知道嗎？」

「不是啦，就算我們現在不說，她早晚也會知道。不過，」我總算想到一個說法，於是拉回話題，「這恐怕不行，因爲我已經找了妳們三個當伴娘，如果再加上她就是四個人，『四』不吉利呢！」

「這樣的話，我讓給她做吧。」顗靜突然插嘴。

我吃了一驚，也有點生氣，這種事可不是妳們想讓給誰就讓給誰啊！但我不會讓她們察覺到我的怒意。「不行，妳是我最要好的朋友之一，難道妳討厭我嗎？」

「當然不是，不過在妳婚禮的下一週，我要在跨國文化研討會上發表論文，最近都沒有太多時間準備。」

我裝作可憐地直視著顗靜問：「顗靜教授，妳是要工作不要我嗎？」

「我不是這個意思啦，只是覺得如果她想要當伴娘的話，我是可以讓位。」

「我也不介意讓給她做。」沒料到品玟這時也插一嘴進來。

夠了！我眞想喝止這場討論。爲什麼她們這麼爲家欣著想？那我呢？我才是這場婚禮的主角啊！

「還是不要好了，」我盡量耐心地解釋，「我們一起籌備了這麼久，妳們各自有專責的環節，在這個節骨眼才換人可能會出差錯。儘管她不能當伴娘，我們還是可以邀請她來喜宴。品玟，妳幫我記下來，寄請帖前確認一下她還有沒有興趣，有的話再邀請她就好了。」

結果家欣接受了喜宴邀請。

我想不通，她眞的要山長水遠過來嗎？她爲什麼要來？

我們的友情眞該在大學畢業時就結束。

婚宴正式結束，我跟昱翔、伴郎伴娘及主桌親友一同到宴會廳入口送客。顗靜人在醫院，只有慈萱與品玟兩個伴娘在我的身旁。我不希望送客的伴郎伴娘總數是單數，所以請昱翔支開了其中一個伴郎。

慈萱和品玟一邊陪伴我送客，一邊低聲討論著家欣的情況。

「她到底有什麼不舒服？」當時沒有看到後續發展的慈萱問。

「我也不確定。」品玟回應：「她呼吸急促，但仍有知覺，看起來跟在大學緊急送院那次的情況差不多。」

「那就應該是同一個原因吧？」

「嗯嗯。」

說起來，家欣在大學被緊急送院那次也是我們三個叫了救護車。還記得當時天氣突然轉冷，大家都翻箱倒櫃，從衣櫃深處把厚外套找出來禦寒。

那天早上，家欣進教室上課不久，就說有點頭暈，要出去呼吸一下新鮮空氣，但她只走到半路，還沒走出教室就倒在地上。

那時候我們年紀還小，缺乏社會經驗而顯得手足無措，只懂聽從老師的指示打電話求助。救護員把她接走後，我們就繼續上課。當然，我們整天都心不在焉。

下課後，我們討論了很久到底要怎麼做。要去探望嗎？好，但我們都很幸運，到了這個年紀仍沒有去醫院探望親友的經驗，不大確定要怎麼做。顗靜說她曾經在學校外面遇過家欣的母親，阿姨擔心家欣人生地不熟，請她在學校多多幫忙照顧女兒，跟她交換了聯繫方式。顗靜於是直接問阿姨，得知家欣所在的醫院與房號，而且現在剛好是探病時間。

第一個問題解決了。那去醫院探望要帶東西？好像可以帶水果，但品玟說家欣最近在減肥，要戒糖，包括果糖。那不如帶湯？大家同意，我們就去買湯。

我們不久後到達，醫院規定探病每次只限兩人，阿姨於是把位置讓給我跟顗靜先進去。

「這碗湯很清淡呢！」家欣看著那碗湯，皮笑肉不笑地說。

我怔了一怔，想不到她變本加厲，這次竟當著我們的面有這樣的反應。

「那不錯呢，很適合病人喝。」顗靜幫忙打圓場。

「嗯，謝謝。」家欣沒精打采，用湯匙翻了一下，只喝了一小口。

我不想久留，藉口說探病時間有限，建議去換慈萱和品玟進來，實際上是覺得不是滋味。

家欣批評那個湯清淡，而它是我選跟我付的，所以是暗諷我小氣，買便宜的湯過來嗎？

她果然這麼多年來都愛搞這些小動作，像木棉樹一樣，平日看起來人畜無害，春天開花時一片火紅滿壯麗的，到飄絮時卻禍患無窮。

我曾聽人家說，如果木棉樹已種植多年，又無法拔掉的話，還是有辦法應付。木棉樹從開花到結果有半個月的「空窗期」，只要把握這僅有的機會，在果莢尚未成熟爆裂前將其擊落，就可避免木棉飛絮，周遭行人的衣服就不怕會被弄髒。

「妳要提早去換衣服，趕去醫院看一下家欣嗎？」送客中途，昱翔跟我耳語。

「但我是主角之一，提早離開不太好吧？」我刻意反問。

「賓客都走得差不多了，眞的有人問到，我就說妳太累先去休息吧。」

既然昱翔這樣說，我繼續推辭反而顯得心中有鬼。但我內心眞不想去，這是紅白相沖……唉，眞不知道到底是我倒楣，還是她倒楣？

我到休息室換回便服，我媽剛好這時進來。

「媽，我可以去醫院看看家欣的情況嗎？不過妳也知道，我們在辦喜事……」

我以爲這樣暗示會得救。

「都什麼年代了！妳媽很開明的，才不會忌諱東忌諱西的。她是妳的好同學，快去吧。」

「呃……那……」我想不到可以說的話了，只好不情不願地交代尚未處理的事情：「妳帶給我的茶在主桌，瓶子妳要帶走喔。」

「沒問題，還有其他事情要幫忙嗎？」

我其實有另一個東西要清理，但不適合請媽代勞……算了，那東西在喜宴後理應會被收拾乾淨。

「對了，還有紅包，」我補充，「表哥已經幫忙整理好，鎖在化妝桌的第一個抽屜裡，請先幫我保管吧。」

把事情都交代好，我就準備出發去醫院探望家欣。

我應該感謝家欣嗎？如果不是想起她，我幾乎忘掉抽屜裡的紅包。

我跟伴娘們在宴會期間都會到處走，喜宴紅包需要找一個可靠的人幫忙管理，當會計師的表哥就是個好選擇。

他果然是錙銖必較的人，一口答應協助，但前提是要分紅包金額的百分之一給他當報酬。我的數學也不賴，覺得還可以，而且本來也要包紅包給他，只要多付一點點就能獲得穩妥的助手，這絕對是划算的交易。

喜宴卽將開始，我換好出場用的婚紗時，表哥把在接待處收到的紅包拿回來化妝室，我也順道把我直接收到的轉交給他管理。

他接過紅包，用手掌掂量著其中一個，歡喜地說：「這個紅包很厚欸！」

有人說男人永遠長不大，他只是收到一個較大的紅包就喜上眉梢，正好印證這點；但我覺得家欣也是。表哥說的那個很厚的紅包就是來自家欣，她在紅包外只畫了代表她的北極熊圖案，卻沒有寫上名字。眞是的！《北極熊咖啡廳》已經是十多年前的動畫，而且後來就沒有新作，她怎麼能確定我一定會記得這個圖案代表她？

她在喜宴開場前碰到我，抓來了伴娘跟我拍合照。合照過後，她還特意走過來，掏出當年我送她的手帕。

「妳還記得牠們嗎？我把手帕帶來了，一起見證這重要的時刻。」她指著上面的北極熊與熊貓圖案說。

我定睛一看，留意到兩隻動物下方多了一串英文字「Ka Yan & Wan Yu」。

她順著我的視線看過去，喜孜孜地解釋：「我加了我們的名字拼音上去呢！」

當刻我的心境一片混亂。儘管手帕上的刺繡圖案已有點褪色，但手帕看起來還非常簇新，家欣必定小心保管，甚至把它當成寶貝好好收藏。我之前一直疑惑著她爲什麼要來我的婚宴，看到手帕後，我有幾秒鐘懷疑自己錯怪她。或者過了這麼多年後，木棉樹改邪歸正，不再亂玩花樣了。

我實在太天眞了，差點被她騙到……

「耶，收入增加八十八塊。」表哥拆開家欣的紅包後說。

我不敢置信，家欣包的紅包竟然是八千八百塊。

木棉樹的果莢在冷不防間成熟了。它們現在就在我的頭上，準備爆裂。難怪在印度的某些部落裡，認爲木棉樹象徵厄運。什麼神樹、英雄樹？呸！這些印度人才眞正認清了木棉樹邪惡的特質。

我必須保護自己，把握僅有的機會，避免木棉樹再次飛絮。

我們敬酒團到達女方大學同學桌時，家欣舉起了裝著柳橙汁的酒杯。

「家欣，」我搖搖晃晃地走到她的身旁，扯開嗓子說：「妳之前說想要當我的伴娘，很抱歉我已經找了她們三個，但我眞的很想讓妳加入！」

「婉妤妳的臉很紅，妳還好嗎？」家欣放下酒杯，緊張地站起來，扶著我的肩頭，彷彿覺得我隨時都會倒下。

「我可能喝得有點多了，嗯……」我沒有吐，只是打了個嗝。我緊接著建議：「不如妳跟我們一起去敬酒吧。」

在旁的慈萱近乎手舞足蹈般附議：「我同意！這樣的話，我們五姐妹又可以聚在一起啦！」

「好，那事不宜遲，我們繼續去敬酒吧。」話畢，我拉著家欣離開座位。

她想拿起本來在用的酒杯，我示意不要，改爲將我手上的塞給她，「柳橙汁不行啦，拿著這個。」

「但我不大會喝酒，剛才已經喝了一點紅酒，要再喝白蘭地的話我可能不行呢……」家欣難爲情地說。

「放心，」我倏地放輕聲音，在她的耳邊安撫她，「這是濃茶而已，才不是白蘭地。」

「欸？」家欣有點吃驚，不知道是因爲酒杯裡的不是酒，還是我原來很清醒。

「敬酒只是儀式，沒有人會用烈酒啦。」我笑著解釋，「而且我裝醉，大家才不會再灌我酒嘛。」

酒杯裡的是茶，但我倒是在敬酒前喝了幾口白蘭地壯膽，不然我可能不敢這樣做。現在抵達醫院時酒氣散了，我反而開始焦躁。

我需要面對家欣嗎？還是不用？

我根據顗靜的訊息，走到醫院急診部的急救室外。現在的急診室人滿爲患，我花了點時間左顧右盼，卻沒有找到她的身影。

奇怪了，她不是說她坐在這裡等待醫生救治家欣嗎？是她剛好去了洗手間，還是因爲提早離開了喜宴，沒有吃飽而去找東西吃？

只有顗靜一個人在醫院，實在令人憂心。

還是救治已經結束了？結果又是如何呢？

我記得在不少電影或影集中，急救室外面會有「手術中」或是「急救中」的燈箱。當燈箱的光熄滅，醫生就會推開大門步出，宣告手術成功還是失敗。

「手術成功，但病人死了。」我記得有一部香港電影曾經玩過這樣的哏，這部電影是我們五個人一起看的，家欣會在適當的地方向我們說明電影裡的一些細節，但我就是記不起來電影的名字。

可是，我在這裡找不到燈箱，只有「急救室」這幾個字寫在門的上方。還是我記錯了，不是急救室，應該是手術室才有這樣的設計？

我甩甩腦袋，想要讓自己清醒一點。我知道只要放鬆下來，應該就會好一點。說到底，我有成功阻止木棉樹飛絮嗎？

我好像愈來愈無法控制自己的腦袋，它上下搖晃著，雜七雜八的想法不斷被抖落。

就在這時，我終於聽到熟悉的聲音。

「婉好，我可以跟妳聊幾句嗎？」

「顗靜，妳回來……」我回頭，話卻沒辦法說完，因爲除了她，身後還站著幾個人。那幾個人表情嚴肅，看來我憂慮的事還是發生了。

我早前對只有顗靜一個人去醫院有所顧忌，當然不是怕她無聊，是因爲她太聰明了，把她單獨放著很危險。

木棉樹果莢終究爆開了，飄絮還毀了我的婚紗與婚宴，破壞我人生的重要時刻。

這果然是紅白事相沖。現在好了，警察要來抓我了。

到底是我倒楣，還是她倒楣？

我就說了，我跟家欣的友情早該在大學畢業時就結束……

□

辦理好登記手續的顗靜，此刻獨自坐在醫院急診部的急救室外，爲正在裡面接受治療的家欣默禱。

顗靜沒有宗教信仰，重視邏輯的她一向對無法驗證的事興味索然，但此刻好友病危，她在別無他法下只好求之於鬼神。

顗靜陪伴家欣登上救護車時，家欣呼吸愈發急促，但仍有知覺。

「我應該是發病了。」躺在病床上的家欣艱難地說。

雖然事隔這麼多年，顗靜仍清楚記得家欣的病情。

家欣上大學緊急入院那次，出院當天顗靜和慈萱去了幫忙。

「辛苦妳們過來，家欣認識妳們實在太好了。」家欣的母親道謝。

「阿姨妳太客氣了，妳特意過來照顧家欣才辛苦呢。我們其實也沒有幫到什麼忙，東西妳都已經收好了。」慈萱回應。

「沒關係啦。家欣說，她當天隱約有聽到是妳們叫了救護車，這就幫了很大的忙了。」

「我是比較好奇，」顗靜順著話題，道出心中的疑問：「家欣之前念中小學時，也曾發生類似情況嗎？」

家欣解釋：「以前我們有通知學校，學校知道我的情況後，每年入冬時班導都會預先提醒同學注意。但升大學後這件事好像有點難開口，而且一起上課的也不只是我們系的同學，好像沒有解決辦法，將來只能自己小心一點吧。」

但家欣再小心，應該也料想不到會在十多年後婉妤的喜宴上發病。本應歡天喜地的婚宴，爲什麼會變成這樣子？觸發家欣發病的是什麼？又爲何會有那種東西出現？——顗靜從救護車上到現在坐在急救室外，一直思考著這些問題。

顗靜還是覺得有點不妥，畢竟現在是初夏，差不多是木棉樹飄絮的季節。平日從事跨國文化研究的她擅於並列比較各種細節，再憑直覺挑出會發光的那道線索，啟發進一步思索。她決定把握這等候時間，現在也來這樣做。

她挺直腰桿，將身心都凝聚到身體的核心，忘卻喜怒哀樂與煩惱，開始追想著今天喜宴過程中的所見所聞。每個認識與不認識的人的一顰一笑、在宴會廳與化妝室上出現的一事一物、今天與過去發生在新娘、伴娘與家欣身上的一點一滴，顗靜統統不願放過。

各種細節輕如木棉絮，在夏日的暖風中飄揚。它們互相碰撞、纏結、分散，有的飛累了在樹木或地上稍歇，有的充滿能量在空中翱翔。

太陽從雲層探出頭來，陽光在木棉樹的葉隙間灑落。背負著眞相的棉絮必然較沉重，顗靜集中注意力在累癱到地上的棉絮。顗靜看到了，有幾個白棉團在日照下閃爍。木棉絮的材質理應不會反光，是公義賦予它發亮的理由。

顗靜把它們一一檢起，感受著它們的柔軟與日光的餘溫。隱藏著微小線索的棉絮逐漸匯集起來，結聚成雪白的棉球，這起事件的眞相已然捧在顗靜的掌心上。她察覺到事態嚴重，決定馬上報警，緊接著也打了一通電話給慈萱和品玟……

□

婉妤看到好友帶著警察走向自己，身體抖動了一下，雙手用力抓住屁股下的椅子，以不適宜在醫院使用的音量說：「顗靜，爲什麼妳要這樣對我？」

顗靜討厭吵鬧，不愛與人爭辯，平日沒有必要的話盡量保持和善，她勉強維持冷靜地回應：「那妳又爲什麼要這樣對家欣？」

婉妤把頭用力甩向左邊，迴避對方的視線，「我不知道妳在說什麼。」

「妳不知道？家欣今天特意帶這條手帕來，就是想告訴妳，即使畢業多年，她仍然很重視妳們之間的友誼。但妳看妳對她做了什麼？」

婉妤沒有回應，只報以一聲乾笑，又陡然把頭後仰，嘴唇開始不規律地翕動起來。便衣警察見狀連忙示意顗靜退後幾步，憂慮看來精神不穩的婉妤會傷害她。

「沒事，婉妤本來就是這個樣子，我們是多年的好朋友，理應習慣了……」顗靜一直壓抑內心洶湧的情緒，可是一想到婉妤的所作所爲，實在無法繼續沉住氣：「但唯獨這次，妳確實傷害了家欣，我就不能放任不管！」

「夠了！」婉妤不甘一直處於下風，開始反擊：「我傷害她？是她傷害我在先。我忍了這麼多年，她還好意思惡人先告狀？妳手上那條手帕正是一切的開端！」

顗靜聽得有點糊塗，追問：「我不明白，這條手帕是妳送的，有什麼問題？」

「問題在於她收到這條手帕時的反應。對了，那時候妳也在場，妳記不起她說了什麼沒關係，我來告訴妳。」婉妤的頭部毫無規律地扭動了片刻，才重新回到正常位置，「她對慈萱、品玟和妳三個人說，『婉妤知道我喜歡《北極熊咖啡廳》而故意弄這個給我，眞的很有心機呢！』她不喜歡的話可以直接告訴我呀，不用跟妳們在背後說三道四！」

顗靜不自覺地瞪大眼睛，但不是因爲家欣說了這句話，而是她居然因爲這句話而生家欣的氣。

「婉妤，妳想太多了。妳送這條手帕給家欣時，她才剛從香港過來念大學不久，還不習慣講華語，用字不夠精準也是無可厚非。她口中的『故意』應該是『特意』，而『有心機』在粵語代表很有心思，並不是很會算計的意思。她整句話都是在正面欣賞妳，妳怎麼會解讀成這樣啊？」

「我不是妳的學生，妳不要對我說教！」婉妤抖動著雙肩反駁：「而且她不只那次說話帶刺。她緊急進院，我們去醫院探望她時，她也是這樣。她說我買的湯很清淡，諷刺我買便宜的湯去。這個妳要怎麼解釋？」

顗靜當日跟婉妤一起進去病房，花了點時間總算回憶起那一幕後，又是一怔。

「我就說妳想多了。香港流行的廣東湯，會放進大量的肉、蔬菜，甚至中藥材，再煲煮好幾個小時。相對之下，妳當天買給她的蛋花湯的確很清淡，但當時我也有說那很適合病人喝，家欣也同意。」

「但她說著的時候皮笑肉不笑，之後只用湯匙翻了一下，喝了一小口，分明是看不起那個湯。」

「家欣昏迷入院，才剛清醒不久，妳覺得這樣的病人能展現燦爛的笑容、胃口大開地喝湯嗎？」

婉妤很用力地眨眼，視線轉移到醫院的地板上。她仍不服氣，但開始動搖了。

「不、不可能！如果……如果妳說的都正確，今天她就不會在婚宴上搞事！」

「她哪有搞事？」顗靜反問。

「有，她包給我的紅包……」

慈萱跟品玟這時候趕到醫院，她們的身後也跟著兩名警察。她們看到婉妤跟顗靜成對峙狀，一時間不知道應該加入哪一方，就乾脆站在與兩邊都保持一定距離的地方。

婉妤突然高興起來，怪笑了幾聲。「我不相信妳，我問她們！」

她把身體扭動到慈萱跟品玟的方向，但視線仍盯著地板，抽動著眉毛說：「家欣今天包了八千八百塊的紅包給我。妳們告訴那位大教授，這不是搞事是什麼？」

跟婉妤的想像不同，慈萱跟品玟跟不上對方的思路，各自反問：「八是雙數應該沒問題吧？」「是錢包太多嗎？」

倒是顗靜猜到婉妤的意思，冷哼了一聲。「婉妤，妳是想說家欣詛咒妳婚姻失敗，對嗎？」

「什麼？」「怎麼詛咒？」慈萱和品玟聽得一頭霧水。

「可惡！」婉妤喝罵。「妳們兩個果然也是她的人嗎？家欣包八千八百塊的紅包，『八』欸！」

慈萱和品玟仍然一臉疑惑。

顗靜向慈萱和品玟解釋：「她想說，八有『別』或『掰』的意思，但這個忌諱現在主要只剩年長一輩的人知道。妳們是土生土長的台灣人也不知道，家欣在台灣念完四年大學就回香港，她居然覺得家欣刻意利用這個忌諱來詛咒她，眞可笑，又可悲。」

站在顗靜身後的警察也忍不住竊竊私語，他們之中似乎也不是每個人都知道這個禁忌。

顗靜受夠了婉妤，趁她無力反駁時把話題拉回她的惡行：「妳看，就因爲妳又龜毛又迷信，無事化小，小事化大，居然害家欣再次入院。」

「家欣是婉妤害的？」品玟咬牙切齒地問：「那她到底做了什麼？」

「如果我沒有猜錯的話，她邀請家欣跟我們一起去敬酒，把手上的酒杯給家欣前，就在那杯茶裡混進了金銀花茶。」

「啊！」慈萱大驚，「家欣不能喝金銀花茶，會引發溶血呀！」

「對。家欣在大學時緊急入院那天，是當年天氣第一次轉冷，應該是有同學從衣櫃深處把厚重的外套拿出來穿，外套沾滿了樟腦丸味，樟腦丸中的萘引發了家欣的溶血症狀。自那次起，我們都知道家欣有蠶豆症，而金銀花也是誘發物質之一。這個女人竟然因爲自己的過度幻想與解讀，想要殺害家欣。」

慈萱追問：「那個金銀花茶從哪裡來的？」

「是她母親做給她的，裝有金銀花茶的保溫瓶開席後就一直放在主桌上。回想起來，婉妤在敬酒期間由我們全程陪伴著，根本沒機會回主桌加料，這代表她是在出發敬酒前就動了手腳，中途邀請家欣加入也是早就計畫好，是有預謀的罪行。」

顗靜完整道出婉妤的詭計後，忍不住再次爲家欣說話：「婉妤，妳睜大眼睛，再看一次這條手帕。家欣在上面加了妳們兩人名字的拼音，家欣的Ka Yan是香港政府粵語拼音，妳的Wan Yu是威妥瑪拼音。妳不覺得這很妙嗎？妳們兩人成長背景截然不同，如同妳們曾經喜歡的北極熊跟熊貓，這兩種本來在現實中不會碰面的動物居然能聚在一起，是多麼難得的緣分。家欣一直很感激來台就學時認識我們，希望我們五人能當一輩子的好朋友，妳卻這樣對她……」

婉妤整個人顫抖著，幅度明顯比早前不由自主的動作還大，「難道我眞的錯了……不！這些都是妳平空推測，根本沒有證據。」

顗靜重重地嘆了一口氣，爲不得不用殺手鐧對付婉妤感到無奈。她望向品玟和慈萱的方向問：「我請妳們保留的東西，警察有順利取走嗎？」

「有，我們聽妳的吩咐，不讓任何人接觸證物，警察到場後順利收走了。」品玟回應。

婉妤仔細觀察品玟和慈萱背後的兩名警察，發現他們手上拿著證物袋，裡面放著一個裝有棕色液體的酒杯，以及一個保溫瓶。

「這……」婉妤已經猜到這是什麼。

「對，是剛才家欣敬酒時用過的酒杯，以及妳媽準備給妳的金銀花茶。」

「爲什麼！爲什麼妳連這一步都想到！不對，不對……」不只身體，婉妤連聲音也顫抖了起來。她知道自己沒轍了，改口說：「這全是一場誤會，是無心之過……我……」

顗靜要說的話都盡了，退到一旁。她身後其中一位看來較資深的警察就走上前說：「是否誤會，檢驗證物後就會有答案。」話畢，他就示意同事把婉妤帶走。

警察與婉妤離開現場後，急救室外回復正常的寧靜，顗靜蹲在地上的啜泣聲變得清晰。

品玟蹲到她身旁，側抱著她說：「我從來沒有看過妳這麼勇敢，辛苦妳了。」

慈萱也側抱著顗靜說：「妳做得好棒，別傷心，妳只是做了該做的事而已。」

顗靜聽到二人的安撫，哭得更厲害，但也不忘爲婉妤操心，「我這樣說，警察會認定婉妤是殺人未遂嗎？」

「就算是這樣，也是她咎由自取，我還比較擔心家欣呢。」品玟說。

「對了，」慈萱順勢問：「家欣現在怎樣？」

顗靜擦乾眼淚，重整呼吸後說：「還好家欣只是帶因者，不過她今天可能喝了酒，情況較嚴重，但輸血後已沒有大礙。稍微休息一下，很快就會醒來。」

品玟不解地追問：「什麼是帶因者？」

「對了，妳沒有去接家欣出院，沒聽過背後的細節。」慈萱幫忙說明：「蠶豆症屬於遺傳病，基因缺陷存在於X染色體上。女性因爲有兩個X染色體，若只有一個X染色體不正常，另一個正常的X染色體會彌補缺陷，就只是隱性帶因者，不易發病或症狀較輕微。家欣的母親是蠶豆症帶因者，父親正常，所以他們生下的女兒有百分之五十機會帶因，而家欣不幸中了一半機會。正因爲家欣母親也是帶因者，所以家欣出院那天請我們多多照顧她，我們後來也告訴了妳跟婉妤各種禁忌。」

慈萱稍頓一下，慨嘆地說：「如果我們當日沒有告訴婉妤，或者她今天就不會因誤會犯下這樣的罪行……」

「不，妳不用再爲替她說好話了。」顗靜決心再自欺欺人，狠心地說：「她這麼小心眼，十多年前的小事仍一直懷恨在心，說不定那瓶金銀花茶也是她事前提議她母親準備的，以備不時之需……」

衆人不禁爲婉妤的陰險倒抽一口涼氣。她們面面相覷，猶豫著待會家欣清醒過來後，要怎樣向她解釋一切。

〈致命的誤會〉完

少女
未來的未來

1

轟動全城的「校園三屍案」發生至今第二天，警方今早再度前往事發的薔薇國中搜查。該校於昨天事發後馬上宣布全校停課兩天、涉案的班級停課三天至下禮拜一，故今天校內未見同學的蹤影，只有老師和工友在場。警方表示今天將集中調查事發的美術教室，並對在場的教職員做筆錄。

昨天被發現不幸離世的三名女學生均爲國中三年級美術班的學生。據初步推測，她們是在密閉的美術教室內吸入過量香蕉水致死，詳細原因尚在調查中，未知是人爲還是意外。

香蕉水又名天那水，是無色、帶特殊芳香味的易揮發有機溶劑，常用於稀釋油漆、噴漆、染料等。香蕉水的主要成分爲甲苯，過量吸入的症狀包括噁心、嘔吐、頭痛，嚴重時更可能導致昏迷、麻痺，甚至死亡。由於香蕉水具有高揮發性，專家呼籲使用時必須確保室內空氣流通，避免中毒。

大木分局偵查隊副隊長張文雄把辦公室內的電視機調到不同頻道，發現正在播放的新聞報導都集中於這起校園三屍案。想當然耳，比起哪位名人變胖了、哪家店跟顧客起衝突、哪裡的發票最容易中大獎之類的所謂新聞，這種駭人聽聞的事件更受大眾關注。

他翻開桌上的資料夾，小隊長吳冠宇昨日已率領偵查隊到現場搜證，這是對方昨晚回來後，加班把案情簡要整理給他的——

二〇二三年十一月一日早上五點，薔薇國中的工友到校上班，他按照日常工作慣例打開各教室的門，稍微打掃，並準備讓同學上課或老師提前備課。約早上五點半，他到達四樓解除該層的保全系統，用鑰匙打開美術教室的門後，聞到嗆鼻的稀釋劑味道，並發現在教室中間的長桌附近，有三名女學生倒在地上，三人都失去知覺。他連忙將最近的一扇窗户打開，緊接著報警求助。警方不久抵達，證實三人皆已死亡。

美術教室內的那張長桌上當時放著兩個空的大銅盆和一個小杯，長桌兩旁的天花板各掛著一條乾的大毛巾，銅盆、小杯和毛巾都有殘餘的稀釋劑味道；桌子下有一桶蓋子打開的香蕉水。初步估計她們三人的死因是過量吸入了香蕉水中的甲苯。

資料夾內附有美術教室的照片，包括現場和三位死者的狀況。張文雄可以想像得到，三名女學生坐在那放有銅盆和杯子的長桌後，配上兩邊懸掛著大毛巾，畫面看起來就像在執行某種邪教儀式。他尋思，她們應該不是沉迷什麼新世代的宗教信仰，或將香蕉水當作興奮劑使用而故意吸入吧？

張文雄在轄區內有「大木神探」之稱，過往他認為這是過譽，畢竟地區分局鮮少遇上複雜案件，抓到偷腳踏車、吃霸王餐的犯人根本算不上什麼功績，只是下屬認眞調閱監視器的必然結果。不過，後來的他卻對這樣的工作很滿意，畢竟發生了那件事之後，他只想在這個崗位安穩地退休。沒料到，現在轄區內竟出現涉及屍體的案件，還一口氣死掉三個。面對這起校園三屍案，張文雄感到厭煩，也承受著相當大的壓力，他自知缺乏調查重大案件的經驗，而局長昨天也過來問候了，絕對不容有失。

然而現有線索有限，他再著急也無濟於事，唯有先靜候今天晚一點會送來的法醫報告，還有下屬吳冠宇回來——吳冠宇這個小伙子其實也是他的壓力來源之一。

2

同日下午，小隊長吳冠宇完成調查工作回來，走到張文雄的座位前報到。

吳冠宇跟即將退休的張文雄相反，他剛從其他崗位調任到大木分局偵查隊，相當年輕且充滿活力。他對這個崗位的調查工作非常期待，因爲他是個推理小說迷，但這點正是令張文雄最擔心的原因。

這是吳冠宇第一個負責的案件。經歷了大半天的調查，此刻他的雙眼還炯炯有神，展現微笑，一臉滿足的樣子，張文雄看著看著，內心泛起不祥的預感。

「報告副隊長，」吳冠宇挺胸抬頭說：「這是一起密室殺人案！」

張文雄早就猜到這小子會語出驚人，只是沒想到眞的出現推理小說的對白。他努力按捺著不翻白眼，說：「請繼續解釋。」

「好！」吳冠宇開始道出今天的調查結果：「案發現場的美術教室在學校的四樓，在工友祥哥打開門前是完美密室。美術教室有兩扇門，兩扇門上安裝的都是喇叭鎖，其中一個門鎖在十一月一日早上被祥哥用鑰匙打開，另一個則一直鎖著。窗子都裝有月牙鎖，同樣除了被祥哥打開的那扇窗外，其他窗戶的月牙鎖全都有鎖好鎖緊，沒有從外面打開的可能，祥哥也表示記得那扇窗在打開前有鎖到底。所有門窗經檢查後確認完好無損。而且，薔薇國中的門窗都有連接到保全系統，系統會確認門窗都有鎖好，才能正常啟動。而啟動後，如果沒有先解除保全系統就打開任何一扇門窗，系統就會發出警報並通知保全人員。在早一天下午六點，祥哥已把保全系統開啟，換句話說，從十月三十一日下午六點到十一月一日早上五點半祥哥解除四樓的保全系統前，美術教室的門窗都一直處於上鎖的狀態。」

張文雄聽到這裡，打算追問其中一點。他對吳冠宇把推理小說那種過於浪漫和不切實際的想像放到現實沒有好感，但想到對方既然是推理小說迷，就乾脆用推理小說的方式來跟他溝通，省卻詳細說明的麻煩。「你看這麼多推理小說，應該知道，製造密室假象的其中一個方法，是在密室不再是密室之後，一直留在房間內的犯人才從案發現場逃走。有沒有可能在祥哥打開門窗發現屍體，繼而去報警的時候，犯人才藉此機會逃走？又或者在祥哥解除保全系統和開啟美術教室門鎖之間，犯人從美術教室逃出來，再把門鎖上，畢竟喇叭鎖可以從外面反鎖。」

「這個可能性被剔除了。」吳冠宇做足功課，自信滿滿地回應：「美術教室的兩扇門剛好都在走廊監視器的拍攝範圍內。我們已調閱了監視器，發現去世的三位女學生於十月三十一日下午四點半左右進入美術教室後，直到十一月一日早上祥哥進去之前，沒有任何人進出過房間。窗戶的部分雖然沒有監視器，但我們仔細調查過，沒發現任何被破壞或入侵的痕跡。美術教室位於四樓，窗戶外面是山坡，要從窗戶進入必須費一番工夫。我們在學校頂樓和附近的房間沒找到工具或大型機械，也沒發現會使用工具或機械的痕跡，基本上也能排除犯人從窗戶進出的可能。」

「明白。」張文雄點點頭，但他還是覺得這起案件很奇怪。「聽起來，我們可以判斷案發的美術教室的確是密室。問題是，爲什麼美術教室內有學生，工友卻會開啟保全系統呢？」

「我也有這個疑問，所以今天去學校的時候問了祥哥。他說，因爲美術教室內經常放有同學的作品，他進出關門關窗怕會不小心弄壞，而且同學下課後也很常前往美術教室內多畫一會，所以他跟美術科的老師和美術班的同學有不成文約定，請他們離開後自行鎖上門窗。只要門窗有鎖好，保全系統沒有異常，祥哥就不會入內，大家也方便。三十一日黃昏，祥哥跟平日一樣，扭了一下門鎖，確認兩邊的門都已經鎖上，就開啟保全系統，系統也沒有異常，就沒有入內，沒想到竟有學生躲在裡面。」

「原來如此，」這小子有做好基本功夫，張文雄對吳冠宇有點另眼相看，但仍覺得他的推斷太跳躍，「但現場是密室不一定代表是密室殺人，更簡單的可能性是集體自殺。」

「長官，其他學生的話是有這個可能，但她們三人關係複雜，我覺得她們不大可能集體自殺。」吳冠宇緊接著把一本精裝小本子遞到長官面前，「這是小蓁的日記，你看完就會明白了。呃，對了，我先介紹一下三位死者，她們都是國三美術班的同學，分別是『小蓁』蔡葳蓁、『高妹』高喬亭和『渝渝』游涵渝。」

張文雄對下屬用「介紹」一詞皺了皺眉，他彷彿是在介紹小說角色而已，沒有把她們當作人來看待，家屬聽到的話一定會投訴他不尊重死者。算了，他當刻心想，這種小子不碰壁是不會學乖，就不刻意說什麼了。他的心神回到案情，追問：「她們如果不是集體自殺，那爲什麼會一起死掉？」

「這很簡單嘛。」吳冠宇擦了擦鼻子，「長官，你有讀過阿嘉莎．克莉絲蒂的某部經典推理小說嗎？」

「是哪一部？」

「就是……就是全部人死光光那部。」

張文雄的眉頭皺得更緊，眉毛快要擠成一直線，「沒有，跟這案件有什麼關係？」

「這就麻煩了，沒有的話我不能告訴你。」

「爲什麼？」

「因爲這是爆雷啊！」

「可惡！你……」換作是以前的張文雄，早已把對方罵得狗血淋頭。但現在不行，年輕人臉皮薄，罵太凶可能會趕跑對方，而且若髒話中帶有性相關的字詞可能會被投訴性騷擾。他只好忍住不飆髒話，「我們在辦正事，你還跟我賣關子？」

「對不起……」吳冠宇想起他剛才沒有道出小說的確實名字，應該不會犯下推理迷的禁忌，才直接解釋：「凶手就是在密室內的其中一人，當然也有可能是其中兩人合謀。凶手殺掉其他人後自殺，現場就變成密室了。」

「凶手既然成功殺人，爲什麼還要自殺？」

「畏罪自殺或本來就不想活，原因可以有很多。」

「那你覺得誰是凶手？」

「小蓁。」吳冠宇沒有猶豫地說。

「動機呢？」

「就寫在日記裡面。」

張文雄直視著部下堅定的眼神，猶豫了半晌，沒好氣地接過日記本。吳冠宇不忘補充：「這是從小蓁的母親手中得來。小蓁在單親家庭長大，出生不久父母離異，由當房仲的母親獨自養大。我們今天到她的家時，母親仍悲慟不已。她跟我們說了很多話，但大多對案情沒有幫助，例如自己怎樣含辛茹苦養大小蓁，房仲的工作有多辛苦之類的。比較有用的是她責怪自己太在意工作，忽略了小蓁，看到女兒遺留下來的日記才知道原來對方在學校一直被霸凌。我們於是取走日記。」

「你們今天去了學校搜證，跟工友做筆錄，還有時間去小蓁家？」副隊長有點驚訝。

「嗯，我本來還打算找涉案班級的班導做筆錄，但她今天情緒不穩沒有去學校。我也有想過去高妹和渝渝的家，但看到隊員們好像有點累，就決定先回來整理一下。」

那當然了，張文雄清楚了解，這個分局偵查隊的人都習慣了慢活，他們今天做的事平常最少會分兩到三天做。幸好吳冠宇看到他們累了就回來，否則他繼續這麼操，把那些老隊員嚇到申請提早退休就麻煩了。

「雖然你說小蓁母親的話大都對調查沒幫助，但也要清楚寫下來。」張文雄提醒。把所有口供記錄下來本來就是搜證要求，但張文雄也想藉此拖延一下。

怎料部下卻積極地回應：「沒問題，我今晚會做好報告，長官你明早來時就會在桌面上看到。」

這起案件對張文雄來說無疑是重要，但也不用這麼急。他不想讓這名新部下察覺到自己的懶散，只好打發對方走，「那你先去忙吧，我會細閱日記。」

「謝謝長官！」說畢，吳冠宇露齒而笑，步伐迅速地回去準備書面報告。

3

吳冠宇消失在他的視線範圍後，張文雄嘆了一口氣——這年輕人對偵辦案件的熱情對他造成了無形的壓力。就像在一個班級中，所有同學都沒做作業的話，老師也拿他們沒轍；但只要有一個人繳交了，就會顯得其他人都在偷懶。吳冠宇就是那個人，而且不只做好作業，還要提前繳交。

他有點不情不願地翻開小蓁的日記。雖然是日記，但小蓁並不是每一天都寫。這本日記的第一頁是今年八月三十日，也就是這個學期的開學日。他翻了翻，看到只有十多篇，平均每星期一到兩篇。日記看起來不長，短的只有十數字，最長的看來也只有約兩百字。

張文雄自覺今天已接收了很多資訊，有點不想讀，但想到小隊長明天肯定又會有新發現，現在不讀只會積壓工作，壓力更大。無奈之下，他終於開始細讀小蓁的日記——

二〇二三年八月三十日　星期三　陰

今天是開學日，我眞不想上課，還好今天沒有遇到那群女生，早知道我就不穿針織衫了，今天眞的有點熱呢……

二〇二三年九月五日　星期二　陰

今天的美術課我們畫油畫。我對油畫顏料不熟悉，掌握得不好，畫布上的顏料經常混在一起，顏色變得怪怪的。但高妹她很厲害，她畫的畫陳老師也稱讚呢！下課後，我看到她主動教渝渝油畫技巧，我也想請教她，她卻很緊張地問我爲什麼今天沒有穿針織衫來學校。我說我覺得很熱。她說：「妳以後一定要穿，妳不想有麻煩就穿吧。」我知道她是什麼意思……

二〇二三年九月八日　星期五　陰

今天上課時遇到渝渝，原來她跟我一樣搭公車上課，而且我們在同一站上車，很巧啊！

天氣可以快點轉涼嗎？好熱喔～

二〇二三年九月十三日　星期三　晴

今天早上搭公車回學校，看到一位老伯伯和坐著輪椅的老婆婆在站牌前候車，司機花了點時間放下斜坡板讓他們上車。我站在他們附近，無意間聽到他們的對話，似乎是每個禮拜三早上定期到醫院複診。公車上有點擠，他倆靠得很近，但我感受到他們互相扶持的愛，非常溫馨呢～

二〇二三年九月十八日　星期一　雨

她們還是發現了。放學後，我被那群女生拉到校園無人的一角。她們對我說，才一個暑假，妳就發育得這麼好，然後有的拍打，有的用力捏。她們要我別亂叫、別掙扎，說這樣做是爲了促進血液循環，有助發育，但我也不想長得這麼大啊！最令我想不通的，是高妹站在她們後面，卻一言不發地看著。爲什麼？妳不是她們的老大嗎？爲什麼不阻止她們？

二〇二三年九月二十一日　星期四　陰

今天媽媽放假，難得看到她在家。上學前，她問我爲什麼天氣這麼熱還穿針織衫，我不敢正面回答，就說學校的冷氣溫度開很低。她之後跟我分享她做房仲的心得，最重要的是眼光好，親近好的買家和租客，遠離麻煩的客户，這樣就能持續成交。我不明白，爲什麼我沒有遺傳到媽媽的基因，遠離那些可怕的同學呢？

二〇二三年九月二十五日　星期一　陰

我最近留意到高妹的視線好像經常都集中在渝渝身上，感覺毛毛的。不過，我眞的不懂，高妹在教室裡對我其實沒有怎樣，爲什麼下課後那群女生欺負我時，她不願意阻止她們呢？

二〇二三年九月二十七日　星期三　雨

今早搭公車上學，再次看到那對老夫妻在站牌前候車，他們想必又要去醫院複診。可是，跟上次不同，這次的司機很不願意架設斜坡板，他下車時很凶地罵兩位老人，說輪椅占用很多公車的位置，他們上車後，後面排隊趕上班的人就會擠不上。又說架設斜坡板很花時間，萬一被客訴班次延誤怎麼辦，要他們以後別再搭公車。他們二人雖然這次有順利上車，但老婆婆好像被罵哭了，好可憐。後來回想起來，那個公車司機有點眼熟，好像是高妹的爸爸！

二〇二三年十月二日　星期一　晴

放學後，我在街上碰到渝渝，她跟隔壁班的均墶牽著手啊！渝渝吩咐我千萬不要對其他人說，特別是同班同學。沒問題，我一定會保守祕密，嘻！

二〇二三年十月三日　星期二　陰

美術課的陳老師說，從這個月開始會讓我們試用其他美術材料，包括油漆和噴漆。她說，它們跟油畫的油性顏料有相似的地方，也有不同之處，要我們自己玩玩看，多嘗試不同顏料，才能因應主題創作出最完美的作品。未來也會教我們使用其他材料，如水彩、壓克力顏料等。不過，她千叮萬囑我們在使用油漆和噴漆時要確保室內通風，以免中毒。

那群女生這個禮拜在走廊看到我時，會故意手肘撞我的胸部，好痛！

二〇二三年十月六日　星期五　陰

今天放學離開校門後，我聽到馬路的遠處有點吵，好奇走過去，看到高妹跟她的媽媽匆匆迎面而來。她媽媽脹紅了臉，二人顯得尷尷尬尬的，應該是發生了什麼事。我上前問了句「妳們還好嗎」，高妹卻只回我「妳去問渝渝吧」，就離開了現場。到底發生了什麼事呢？

二〇二三年十月十一日　星期三　陰

今天是禮拜三，但我搭公車上學時沒有看到老伯伯老婆婆。好像已經很久沒有看到他們，不知道他們現在怎樣呢？

二〇二三年十月十七日　星期二　陰

媽媽晚上回家後不停接電話，而且一直罵人，說什麼不會租給你們，你們死在房子裡怎麼辦，看來她是遇到有自殺傾向的麻煩租客吧？

二〇二三年十月十八日　星期三　陰

今天離開學校時碰到渝渝，我本想問候一下她跟均墠的情況，她卻狠狠地瞪了我一眼，就轉身離去。爲什麼最近發生的盡是不能理解的事啊！

二〇二三年十月二十日　星期五　雨

今天我很痛苦，哭了很久。放學後，我留在美術教室畫畫時，那群女生竟然闖進來，拿起噴槍，塞進我的校服和校裙裡亂噴。教室裡的同學都驚呆了，但沒有人幫我。我用松香水洗了很久，總算是洗掉了，但皮膚紅紅腫腫，也癢癢的。衣服就沒救了。還好我的內衣褲和校服還有很多。媽留在家的時間很短，卻總是買了太多東西給我。我知道她是疼我的，但我不敢把今天的事情告訴媽，怕她向學校投訴，我只會更慘……

二〇二三年十月二十五日　星期三　雨

今天上課搭的公車，司機是高妹的爸爸。中途有一個伯伯上車比較慢，又被他罵了。想起來，我都沒有再看到那對老伯伯老婆婆……

二〇二三年十月二十七日　星期五　雷雨

今天我的肚子不舒服，去洗手間時居然被她們倒下一整桶髒水！

爲什麼我們這麼苦？我們根本沒有未來！

張文雄細閱日記後，對這三個女生、特別是小蓁有個初步印象，也大致明白爲何吳冠宇認爲她們三人不可能集體自殺。從日記的內容看來，後期她們三人互有嫌隙，而且小蓁一直被高妹爲首的一群女生霸凌。她們就算要自殺，似乎也不像會集體進行。而實際上，現在暫時還未看到高妹和渝渝有自殺的理由。

由於現場是密室，這起校園三屍案的凶手就肯定是她們三人之中最少其中一人（也有可能是兩人合謀），那麼這個人就有可能是小蓁。從十月二十七日最後一篇日記可以看出，她飽受那群女生的折磨，覺得人生太苦，根本沒有未來。她被逼上絕路，想到高妹是她們的首領卻一直在旁默許，於是找機會毒殺高妹，得手後畏罪自殺。

小蓁有殺人動機，但還有一個問題。如果小蓁是凶手，高妹是被害者，那渝渝在這起案件中的角色是什麼呢？在十月十八日的日記中，渝渝怒瞪了小蓁，她和小蓁之間似乎有些糾紛，但日記裡沒有清楚說明，小蓁當時也好像不明所以，而之後渝渝再沒有出現在日記裡。單靠現有的資料，暫時很難判斷渝渝是小蓁的同謀，抑或只是不幸被捲入事件中。

在小蓁的日記中，其實還有滿多細節是張文雄看不懂的。但年輕人就是這樣，他想起大約在十多年前，他的兒子在比吳冠宇還年輕的時候，很常在網誌寫上除了當事人之外根本不可能猜到意思的中二病句子。時代變了，年輕人渴望被理解卻又故作神祕的心態看來仍然存在。

想到這裡，兒子的臉忽然浮現在張文雄的腦海中。他用力甩頭，將那不堪回首的畫面丟回記憶深處。他抬頭望向窗外，驚覺天色早已在不知不覺間變得昏暗，他居然因爲思考案件而沒有準時下班。他已經想不起上次這樣認眞是什麼時候了。

話說法醫報告到現在還沒送到，張文雄只好等明天上班再看，反正人死不能復生，事情已經沒有急切性了。如果沒有什麼出人意料的變化，他相信大衆和媒體過幾天也會逐漸遺忘這起案件。

此刻的他當然沒有想過，原來已去世的人還有能力讓案件發生變化。

4

二〇二三年十一月三日早上，偵查隊副隊長張文雄回到警局。踏進大門前，他隱約感到一股久違的悸動。他停下腳步，懷疑是昨晚睡得不好嗎？該不會是心臟有問題吧？還是基於其他原因？

那種感覺在他的胡思亂想中漸遠，他才比較定心地回到桌前，兩份文件這時已然安放在其上，一份是小隊長吳冠宇的報告，另一份是法醫現場和驗屍報告。他先喝了幾口同僚爲他準備的咖啡後，決定先打開看來比較簡單的那份。

吳冠宇的報告內容，其實就是昨天他到了薔薇國中美術教室的調查結果，以及工友祥哥和小蓁母親的完整筆錄。報告內的重點吳冠宇在昨天下午已口頭報告過，他翻了一下，似乎沒有找到其他有用的線索，就把精神集中到另一份報告上。

現場環境報告和法醫驗屍報告的確比較重要，因爲裡面確認了不少初步調查的推測，也包含了一些新線索。首先是現場環境的部分，放在美術教室長桌上的兩個大銅盆、杯子和長桌兩旁垂掛的大毛巾都驗出殘餘的香蕉水，成分與桌下打開了的那桶香蕉水吻合。凶手看來是把香蕉水倒進這兩個銅盆，並把沾滿了香蕉水的毛巾掛起來，讓它迅速揮發。報告估計，以當日的氣溫和這個形式讓香蕉水在密閉的美術教室內散播，體重六十公斤的成年人，約十五到三十分鐘就會麻醉昏迷，一個半小時內就會死亡。而實際上這三名女學生都偏瘦，當中只有高妹長得比較高，體重剛好達六十公斤，小蓁跟渝渝都不足五十公斤，所以她們的昏迷和死亡時間應該會更早一點。

由於現場是教室，那些用品也是大家最近都會使用的，所以無論是桌子、門鎖、窗戶、大銅盆、桶裝香蕉水等，上面都有三人以及大量其他人的指紋，沒辦法靠指紋指出或排除三人之中誰是凶手。在美術教室裡也找到了好幾個濾罐式防毒口罩，但似乎是共用，沾有不同人的指紋和體液，同樣無法藉此找出凶手——張文雄有點驚訝，疫情過後大家就把衛生拋諸腦後。

至於驗屍結果證實，小蓁、高妹和渝渝三名女學生都是死於甲苯中毒，呼吸道和血液內驗出高濃度甲苯，而甲苯正是香蕉水的主要成分。三人的死亡時間都是晚上七點到八點之間，如果她們在祥哥開啟保全系統後開始執行計畫，這就跟環境報告的估計相若。她們的身上沒有其他顯著傷痕，沒有被移動過的痕跡，也沒有服用其他藥物，正式確定她們都是在美術教室內吸入過量香蕉水後昏迷，繼而死亡。

凶手利用香蕉水殺人繼而自殺其實滿巧妙的，凶器似乎是來自美術教室，因為他們最近在使用油漆、噴漆等美術材料，作為稀釋劑的香蕉水自然能在教室裡找到。但為什麼這麼危險的東西學生可以隨便拿來用，這點可能要等吳冠宇稍後回來補充——他今天會再訪學校，因為班導兼美術課老師陳老師會到校。

不過，這兩份報告裡面也有張文雄想不通的「怪事」。第一，是在渝渝身穿的針織衫上，找到大量屬於小蓁的皮屑和毛髮。他記得小蓁在日記內多次提起針織衫，即使很熱也要穿著。但在案發現場內，小蓁沒有穿針織衫，反而是渝渝穿了，而針織衫上有屬於小蓁的皮屑和毛髮……莫非是渝渝穿了小蓁的針織衫？但爲什麼？針織衫對小蓁來說應該很重要，難道渝渝也在霸凌小蓁，硬搶走她的針織衫？

第二，雖然驗屍報告指出三人都是死於甲苯中毒，在她們三人的呼吸道中也驗出了香蕉水，但只有在高妹的胃部有香蕉水。長桌上的杯子裡面驗出殘餘香蕉水，張文雄最初一直想不通爲什麼，因爲香蕉水可以直接從桶子倒進銅盆，沒必要用杯子，但現在得知高妹胃部也有香蕉水，那就不難聯想到原因：高妹曾利用杯子喝下香蕉水。

不過，這又引申出下一個問題：她爲什麼要這樣做？雖然香蕉水有微微近似香蕉的香味，但服用後嘴巴、食道、胃會有灼熱感。儘管不同品牌的香蕉水成分有異，有的會配上甲醇或乙醇，喝起來可能會像比較嗆的白酒，但應該算不上好喝，不大可能會無端喝下……

第三，是她們三人的死亡時間相若。凶手理應要確保她想要殺害的人已死亡或即將死亡，她才會安心自殺。美術教室裡有濾罐式防毒口罩，雖然甲苯也會經皮膚吸收，凶手即使使用了防毒口罩，在充滿氣體香蕉水的密閉空間裡終究會中毒，但至少能延後中毒時間，能確保計畫不會中途出什麼差錯。她沒有這樣做，是很有自信計畫會成功順遂嗎？

不對，第二點跟第三點串連起來的話，或許能說得通：高妹就是凶手，她戴了防毒口罩，確認另外兩人昏迷後，自己也安心上路，於是喝下香蕉水，加速中毒來掩飾自己是凶手的事實。事實上，現在最令警方困擾的，就是不知道這三人誰是凶手、誰是被害者。但問題又來了，高妹殺死另外兩人的動機是什麼呢？

這案件好像變得愈來愈複雜，眞令人頭痛……奇怪，張文雄驚醒，他幹嘛要這麼認眞？待吳冠宇帶回更多線索，或許謎團就會迎刃而解。這幾年他總是這樣懶洋洋的，只是坐著等候部下偵查，爲什麼這次會突然這麼積極……

5

同日下午茶時間，吳冠宇回到警局。

「今天去了哪？」副隊長張文雄問。

「報告長官，今早我們去了學校跟班導做筆錄，之後也拜訪了高妹和渝渝的家。」吳冠宇精神奕奕地回應。

張文雄雖然多少猜到對方的高效率，但聽到他又把一到兩天的事在一個白天解決掉，還是覺得有點不知如何反應。

「我收到現場環境報告和法醫驗屍報告，待會你報告完，可以拿去看一下。」

「好的。那我先說一下從班導那邊打聽到的情報吧。」

張文雄點頭，部下就開始說：「三名死者的班導陳老師今天的心理狀況其實還是不大穩定，所以我們只集中問了重要的問題，包括她對三名學生的認知，以及關於美術教室內的香蕉水。」

「陳老師說，小蓁的美術成績一般，整體成績也是平平；高妹的美術創作能力很強，但其他學科較遜色，所以整體來說也不算突出。倒是渝渝有點令人擔心，她以往的成績是在中游位置，今年開學後卻大退步，考試經常是倒數幾名，美術科的創作也不見得出色，她升學到好高中的機會渺茫。」

陳文雄追問：「除了成績，你有問她們在課堂上的情況嗎？」

「有，但陳老師表示，她們三人平日上課時都沒有什麼異樣。」

小蓁的日記雖只有兩個月，但張文雄看完後一直很在意，無法想像她過去受了多少委屈。他聽到這種回覆有點生氣，「沒有異樣？小蓁一直被霸凌得很慘欸！」

「陳老師表示有聽聞過小蓁被霸凌……」

「那爲什麼霸凌還會持續著？」

「很簡單，她沒有出手干預。」吳冠宇似乎對這個話題不陌生，輕嘆了一口氣才繼續說：「長官，現在的小孩都很狡猾，霸凌大都發生在課堂以外的時間，老師就算有耳聞，沒有親眼目睹也很難處理。而且那群女生來自不同班級，也不是班導一人有能力處理的事情。」

「怎麼可以這樣？班導無法處理，薔薇國中的學務主任總有責任吧？」

「有責任和會全力跟進是兩碼子的事。老師也只是一份工作，不是所有老師都是好老師，有些人只會得過且過地上班。這群女生已經算比較笨，對小蓁做了實質的霸凌行動，留下了滿多證據，她當時願意報警的話警方其實可以介入。現在比較『高級』的，都只採用精神和語言霸凌，例如冷言冷語、排擠孤立等，沒有實質證據留下，想追究也很難。」

「所以我們就只能任由這種荒謬的事一直延續下去嗎？」張文雄氣得用力拍向桌面。

吳冠宇怔了一怔，張文雄才察覺到自己太感情用事，對話的內容早已超出工作範圍。剛才吳冠宇提到有些老師會得過且過地上班，他聽著也有點心虛。儘管他不會敷衍塞責，但他常把案件拖長來處理，以顯得自己忙碌和避免接下更多的工作。

張文雄把話題拉回來：「那簡單來說，就是學校知道那群女生到處欺負同學，卻沒有處理，對吧？」

「嗯……」

「那關於香蕉水呢？你有問陳老師爲什麼會讓學生有機會擅自使用香蕉水嗎？」

「有。陳老師解釋，國三美術班今年開學後學習使用油性顏料，十月初開始也讓他們接觸油性油漆和噴漆。桶裝的油漆和噴漆買回來後都需要先稀釋才能使用，所使用的稀釋劑正是香蕉水。」

「噴漆有桶裝的嗎？」張文雄不解地問：「我看那些街頭塗鴉用的噴漆都是壓縮罐裝的。」

「美術教室內的用量大，而且他們只在教室裡使用，所以一般都會買桶裝噴漆配噴嘴，這樣比較便宜。」

張文雄想起在小蓁的日記裡，她曾被那群女生用噴槍在她的校服裡亂噴，原來被噴的是噴漆，難怪她說要用松香水清理很久，而且衣服都報銷了。那群女生居然用噴漆噴同學，也太狠了。

想起日記內提到的松香水，張文雄追問：「要稀釋油漆和噴漆的話，爲什麼不用毒性和揮發性都較低的松香水呢？」

「老師解釋，松香水的揮發性較低，使用它來稀釋油漆和噴漆來畫畫的話，要等大半天才會乾，但用香蕉水的話一小時內就會乾。課堂時間有限，所以只能使用香蕉水。教室內也有松香水，但主要用作清洗噴槍，以及油漆或噴漆沾到手時清潔用，因爲它比較不傷皮膚。」

「但香蕉水畢竟有危險性，老師爲什麼會讓學生可以在無人看管時使用呢？」

「老師強調，她一直提醒同學使用香蕉水、油漆和噴漆時必須打開窗戶，確保室內空氣流通，而且學生們使用了快一個月，大家都有好好遵守規則，才開始讓他們在放學後自行使用，沒想到卻發生了事故。」

「同學在課堂上不夠時間完成作品，放學後要留在美術教室繼續我明白，但她都不會留下來陪伴嗎？」張文雄的怒火再度萌芽。

「這點我不好意思直接問她，於是透過其他老師口中得悉，陳老師平常都比較準時離開學校……」吳冠宇說得有點尷尬，因爲他的長官也是會準時下班的人——雖然準時下班不代表不認眞工作，但這位陳老師明顯是因此讓凶手有機可乘。

美術教室裡爲什麼會有香蕉水且可隨意使用的原因算是有答案了，凶手利用了老師的信任（或懶惰），輕鬆獲得凶器，也沒有銷毀凶器的煩惱。

此刻張文雄的心情有點複雜，陳老師沒有認眞處理霸凌事件和隨意讓學生自由使用香蕉水，最終釀成悲劇，這固然令他生氣，但他自問也不是進取的偵查副隊長，這幾年因爲他得過且過，會不會已經造成冤案或讓罪犯逍遙法外呢？

「長官，」在張文雄沉思之際，部下的聲音忽而傳來，他彷彿看穿了長官的煩惱，「我們還是先專心找出這件事的眞相，讓死者安息，讓生者得以繼續走下去。」

張文雄直視著眼前這小子。他這句話是發自內心，還是從推理小說學的，張文雄一時間無法確認。不過，這的確是當前要務。張文雄遂抖擻精神，問：「那你去高妹和渝渝家有什麼發現嗎？」

「我今天去她們二人的家，都順利做了她們父母的筆錄。我先說高妹那邊。我們本來打算同時做高妹父母兩人的筆錄，但高妹爸脾氣有點暴躁，我們問不到幾句，他就一直責難妻子，我們於是分開訊問。」

「下一次請直接分開訊問夫妻二人。」張文雄說。

「爲什麼？」

「夫妻不見得一定相處和睦，分開訊問，他們才會說出不方便當著對方面說的話，不和甚至互相指責你都有可能聽到呢。」

「明白。」吳冠宇難得聽到上司傳授訊問技巧，連忙記錄下來後，才繼續正題道：「高妹的父親是公車司機，因爲要排班，上班時間不固定。筆錄期間，他一直批評妻子沒有管教好女兒，但被問到女兒最近有沒有跟人結怨或受什麼困擾，他其實也不了解，說要工作哪有時間了解女兒之類的話。」

「那高妹的母親呢？」

「她顯得很傷心，責怪自己沒有照顧好女兒，害女兒被他人殺死。」

「慢著，」張文雄叫停部下，「案件仍在調查中，我們至今沒有公布她們三人是自殺還是他殺，她怎麼會覺得高妹是被殺的呢？高妹在學校可是霸凌者啊！」

「高妹媽似乎不知道高妹是霸凌者，以爲她是好學生，因爲她經常拿到美術比賽的獎項。」吳冠宇見張文雄只皺起眉頭沒有說話，就繼續說：「所以她對高妹的了解也很有限，唯一打聽到比較實在的資訊，是高妹沒有寫日記的習慣，也不使用社群媒體，所以不像小蓁那樣有文字紀錄可以參考。」

「簡單來說，高妹父母這邊基本上沒有任何有用的線索。」

「對，不好意思。」

「家長對青春期的女兒大都不了解，問不到什麼也很正常……那渝渝那邊呢？」

吳冠宇翻了一下筆記本後說：「渝渝的父母對女兒算是比較了解，他們提到，女兒開學後跟隔壁班的一名男生交往，成績就一落千丈，父母都很擔心她，怕她考不到好的高中。不過，他們在兩個禮拜前分手了。」

儘管渝渝剛分手，而感情問題經常是犯案起因，但案發現場已確認是密室，凶手只能是當時在美術教室裡的人，前男友應該跟案件無關。張文雄追問：「除了這名男生，他們知道女兒最近有沒有跟其他人結怨嗎？」

「有，跟小蓁的母親。」

「什麼？」張文雄以爲自己聽錯，一個國中女生怎麼會跟一個單親媽媽結怨？

「我當時也跟長官你的反應差不多。」吳冠宇笑了笑後說：「他們解釋，渝渝外婆的房子租用了幾十年，房東最近去世，繼承房屋所有權的兒子要收回房子，所以渝渝外婆得另覓住處。渝渝媽最近太忙，渝渝於是請媽媽協助聯絡房仲後，主動幫忙找房子，遇到的房仲恰巧是小蓁的媽媽。小蓁媽一直以爲是渝渝媽要讓渝渝租房子，本來相安無事，直到簽約前得悉實際租客是渝渝外婆後，勃然大怒地離開。渝渝之後打了很多次電話過去，二人在電話裡吵了很久。總而言之，最後大家不歡而散，渝渝外婆至今還未找到安身之處。」

張文雄有聽聞過，房東都不喜歡租房子給老人，擔心他們容易發生意外、愛囤積雜物、年長過世會影響房價等。不過，就算渝渝跟小蓁母親結怨，母債女還這種事也未免太荒唐了，渝渝照道理不會把這筆帳算到小蓁頭上吧？

「對了，那渝渝有沒有留下文字紀錄？」

「渝渝沒有寫日記，但有用社群媒體。不過她的父母不是很會用智慧手機，不確定她使用的是什麼平台，也不知道帳號是什麼。我們曾用游涵渝、渝渝等名字搜尋，但都找不到。我們理論上可以直接向各社群平台詢問，但需時較長，程序也比較繁瑣，或許下禮拜一國三美術班也復課後，我先試試詢問她的同學。」

吳冠宇這邊的情報報告得差不多了，張文雄於是把法醫報告交給對方看，特別指出只有高妹胃部有香蕉水和渝渝穿了小蓁的針織衫這兩點，想聽聽部下的想法。

吳冠宇說：「我們因為小蓁的日記，一直覺得她是凶手。但法醫報告中這兩點很奇怪，你會覺得高妹或渝渝也有可能是凶手嗎？」

「我們好像對高妹的了解很少，只知道她是那群霸凌者的首領。反而我剛剛聽了渝渝的經歷，覺得她也可能有動殺機。渝渝這學期的成績很差，最近跟男友分手，然後又經歷了外婆租屋被拒一事，或許會對小蓁產生恨意。雖然聽起來好像有點跳躍，但在一連串不幸事情發生後，在極端情緒中將無可發洩的恨意轉嫁到身邊認識的人身上，並非不可能。如果她是凶手，那麼她的行動就能夠解釋了——她不是單純穿了小蓁的針織衫，她是奪走了小蓁保護自己的針織衫，讓對方在瀕臨昏迷時更不安和痛苦。」

「但這樣解釋不了高妹喝下香蕉水一事。」

「不對，假設高妹是凶手，她喝下香蕉水是為了掩飾自己的凶手一事，好像也說得通。」

「但驗屍報告出來後，任誰都知道她喝過香蕉水，這個詭計就不攻自破了。而且如果高妹是凶手，那針織衫一事又要怎樣解讀？」吳冠宇問。

「唔……」案件再度陷入困境，他們蒐集到更多情報後，事件反而變得更不可理解。張文雄愈想愈想不通，這三位少女到底在死前盤算著什麼。現在看來只好等禮拜一復課後，試試能否從三位死者的同班同學中得到更多線索。

6

在週末不用上班的日子，張文雄通常無所事事地待在家。儘管他沒有認真觀看，電視機的聲音總是開得有點大，好讓空空的房子裡迴盪著一點點生氣。

自從他唯一的兒子失蹤，繼而跟妻子離異後，他的人生就失去了活力，終日只想著退休——但退休後到底要做什麼他其實毫無想法——工作相關的事當然也只會留在警局之內。

可是，這個週末，他一如既往地躺在沙發上，卻不知爲何惦記著薔薇國中那起案件。那三個國中女生交纏不清的關係、誰是凶手、至今尚未查明的殺人動機等謎團，還有那個小子吳冠宇，都在他的腦海裡縈繞不散。特別是吳冠宇，對方的臉彷佛跟自己兒子的容貌重疊起來，不時浮現在他眼前。

大約三年前，張文雄的兒子在外地念研究所，恰巧遇上當地發生有史以來最大型的抗爭運動。有一天，兒子突然要求跟父親視訊通話，稍微報告近況後，提到他最近忙於支援當地抗爭者，並請教父親面對警察的催淚彈時，有沒有一般人不知道的小撇步。

「我付錢給你是讓你去念書，不是去攪三攪四！」張文雄以怒斥代替正面回答問題。

「爸，你聽我說，這是很認眞的事。他們本來只是和平示威，政府卻一意孤行，用武力驅趕他們。我只是想知道有沒有方法能保護同行者，不是要主動做什麼。」

「我在電視上都看到了，這樣也不算是主動對抗政府嗎？」

「爸，我在現場看到的，比你在電視上看到眞實得多，而且那是暴政……」

「夠了！」張文雄強行打斷對方的話，「總之，對抗警察就是不對。」

「爲什麼你就不能認眞聽聽你兒子解釋！」他說完這句話後，就切斷了通話。

從那一天之後，兒子平日偶爾傳來的問候短訊不再出現，他的社交媒體也沒有任何更新。張文雄最初以爲只是兒子對他發起冷戰，就不了了之，也沒有跟妻子報備什麼。直到一個月後，學校聯繫他，表示他的兒子失蹤了，校方已報警求助，但至今沒有任何回音。

他和妻子馬上請假趕往當地，但對事情根本沒有任何幫助。他們後來聽到不少傳言，說有不少抗爭者在過程中「被消失」，或許包括他的兒子在內。

妻子後來也得悉前事，埋怨張文雄當日爲什麼不能好好跟兒子溝通。張文雄不認爲自己有錯，二人徹底鬧翻，妻子之後更要求離婚。

幾年過去，兒子恐怕是不會回來了。張文雄回想往事，不確定如果當日有好好聆聽兒子想說的話，悲劇是否就不會發生。但他現在能確定的，是吳冠宇跟兒子熱血的性格相似，放任不管的話早晚會出事。而且他看到對方如此認眞調查薔薇國中的案件，腦海也閃出一個念頭，也許這是他不再頹廢下去的契機。

兒子近年跟他分享過什麼東西，張文雄承認他的確沒有太認眞聽進去，但兒子在國小時非常崇拜自己，當時說過的一句話至今仍言猶在耳。

「我最喜歡認眞工作的爸爸！」

7

十一月六日，禮拜一，薔薇國中所有班級復課，吳冠宇再次率隊前往調查，這次的主要對象是認識三名死者的同學，並希望查出渝渝的社交平台帳號。

三位同學同時離世，國三美術班復課後仍被一片愁雲慘霧籠罩，吳冠宇本來對調查不抱期望，沒料到女學生們竟被他年輕俊朗的外表吸引，主動接近表示願意提供協助，只不過因爲所有女學生都要求他親自做筆錄，他爲了調查到更多線索也不好拒絕，結果忙得團團轉了一整天。剩下的偵查隊隊員則負責查問男學生及渝渝的男朋友，成果不多，只稍微問到一點關於渝渝的事。

現階段所有調查告一段落。小隊長吳冠宇近黃昏才回到警局，副隊長張文雄難得看到對方展現疲態，忍不住挖苦他：「怎麼了？你好像很累的樣子。」

「不要說了，那群女生好瘋，我的手好累……呃，長官別誤會，我是做筆錄寫到很累而已。」

張文雄偷笑了一下，「那你有得到想要的線索嗎？」

「有！渝渝的社群媒體帳號成功到手。」吳冠宇興奮地說：「據她的同學說，渝渝之前主要用Instagram，到今天九月初開始使用Threads，之後就只在Threads上發文。她的Threads是私人帳號，只讓最親密的好朋友追蹤，但也因此充滿了滿私密的貼文內容。我把她九月初開始使用至今的貼文都列印了出來。」

他把文件放在上司的桌上，卻只敢放在邊緣位置。

張文雄明白對方的用意，主動說：「如果你不趕時間的話，我先看一下，然後你再繼續報告，可以嗎？」

「沒問題，但我怕會耽誤你。」吳冠宇沒有明確說出是怕耽誤上司下班。

「不會，我們很接近事情的核心了，我也想快點解決這案件。」話畢，張文雄把渝渝的Threads貼文拿過來閱讀——

tinyfishes　1週

可能是倒數第二次貼文了……

tinyfishes　1週

計畫即將執行，但渝渝不怕

tinyfishes　1週

我這幾天一直思考，渝渝明明這麼可愛，爲什麼會這麼慘？

我恨你們，是你們害我和外婆這麼可憐的！

我們沒有未來，但我也不會讓那些人好過！

tinyfishes　1週

高妹又在遠方監視我

我很怕，以爲她還爲我爸之前叭她和她媽媽一事懷恨在心

我不想一直擔驚受怕，於是主動代我爸道歉，請她不要精神霸凌我

沒料到，她居然向我表白（大驚）

我震驚得胡言亂語，說我是直的，也不會喜歡到處欺負別人的人

她卻說她是迫於無奈加入，被捧爲首領只因長得高大，並不是自願

我不相信，她比其他人都強壯，要反抗一定可以

她說她們人多勢眾，敵不過她們，不合群的話只會成爲下一個受害者

我不想聽就跑掉了，她一定是爲了討好我才說謊，哼

tinyfishes　1週

之前搭公車上課，有時候會看到一位老伯伯推著坐輪椅的妻子去醫院複診，已經很久沒有遇過他們，今天卻遇到了，原因是渝渝一直想著均墡的事，錯過了公車……

他們在等計程車，我問他們爲什麼不坐公車，他們說不好意思妨礙其他人上班

我說不會呀，他們卻說不是每個人都像我這麼好

我留意到他們身上的衣物都有補丁，看起來不像能經常搭計程車呢，眞令人擔心……

tinyfishes　2週

放學後，陳老師把我拉到辦公室訓話，說我的成績繼續這麼差的話，考不上好的高中，就完蛋了

她跟我媽一樣煩欸！

這種事我當然知道，但我就是被均墠弄得無法專心嘛
回到美術教室，竟發現均墠在偷看小蓁
原來他移情別戀，難怪最近對我這麼冷淡
身爲獨立女性的渝渝於是馬上提出分手
重申：是我主動甩掉他的，哼！

tinyfishes　2週
放學時居然遇到那個賤房仲的女兒小蓁，我忍不住瞪了她一眼
事後回想起來，其實她毫不知情，是無辜的
但我外婆也是無辜的
我很混亂，爲什麼成年人都這麼壞？
渝渝長大後不要當這種大人！

tinyfishes　2週
今天本來約了房仲簽約，但她發現要住的人原來是我外婆，就瘋了一樣破口大

罵，說不會租給我們，然後就跑掉
事後我打電話給她，說我外婆付得起錢，預付半年或一年租金都可以，她卻說不是錢的問題，總之老人就不行，要是老人死掉怎麼辦
我很生氣，我外婆健健康康，還經常登山，怎麼可以咒她死啊!?

tinyfishes　3週
外婆無家可歸，媽媽很忙，我決定幫外婆找房子
媽媽介紹房仲給我，我跟她一起走了大半天，總算找到合適的房子了
我說我們明天再來簽約
回家後我才發現那個房仲好像是小蓁的媽媽呢

tinyfishes　3週
又收到分數很低的考卷，我跟均樺說，要少出去玩才行
怎料他罵我重視成績多於他
他走了之後，我發現高妹一直在偷看

我嚇得馬上跑離學校
她是還記住我問她爲什麼要欺負小蓁，還是我爸叭她一事嗎？

tinyfishes　3週
今日讀到一個跟冷有關的冷知識：
瀕死的人血液循環會變差，手腳逐漸冰冷，手指腳趾也可能呈青藍色
渝渝驚驚怕怕喲～

tinyfishes　3週
今天放學，老爸剛好在附近送外送，就騎車來接我
離開學校不久，就遇到一位學生牽著一位阿姨過馬路
她們走得有點慢，我爸居然叭她們（大驚）
她們回頭瞪向我們，我發現是高妹和她媽媽，我尷尬得想找個洞鑽進去
事後我問爸爲什麼這樣做，他說他不按喇叭，就會被後面的機車叭
還說就是這種人像皇帝一樣慢慢過馬路，害他少賺了錢，之後一直嘮嘮叨叨地

低語

我爸平日人都很好，爲什麼騎車時會變成另一個人⋯⋯

tinyfishes　4週

老師是嫌油畫還不夠髒嗎？

最近還讓我們用油漆和噴漆，總覺得是不良少年才會用的東西⋯⋯

而且她說使用時一定要打開窗户

希望快點不要用吧，否則怕冷的我在冬天怎麼辦？（抖）

tinyfishes　5週

今天放學跟均墷牽手逛街時竟碰到熟人，嚇死渝渝了

幸好那只是小蓁，她也答應我保守祕密

但我有點不高興，因爲均墷好像盯著小蓁的胸部看了很久

男生都是這麼膚淺的嗎？（怒）

tinyfishes　6週

上星期的小考試卷發回來了（哭）

我發現高妹最近經常偷看我

我開始有點後悔之前太多事，好怕成爲下一個被霸凌的人喔

tinyfishes　7週

放學後發現小蓁被那群女生霸凌，那群女生拍打和捏她的胸

她們後來散去後，我可能太氣了，竟跑去質問高妹爲什麼要這樣做

她卻只跟我說對不起就跑掉了

到底是爲什麼啊～？

tinyfishes　7週

好開心！均墷向我表白啊啊啊啊啊～～～

我其實一直有留意他，他眞的好帥！

我要瘋啦啦啦啦啦～～～

今天開始我就是幸福的渝渝！！！

tinyfishes　8週
今天上課時在公車上遇到小蓁
忽然想起前幾天高妹提醒她要穿針織衫掩飾一下
我好羨慕小蓁的身材，好想知道她這個暑假吃了什麼，我也要吃！

tinyfishes　8週
最近的美術課都是畫油畫，那些顏料是人用的嗎？
渝渝總是弄得一塌糊塗呢～
但好幸運，課後高妹同學主動來教我

tinyfishes　9週
第一次使用Threads，感覺很新鮮呢！

張文雄讀完所有貼文後感到無比心寒，因爲吳冠宇早前的推測或許正確。渝渝一週前的貼文提到「計畫即將執行」，三週前分享了「瀕死的人血液循環會變差，手腳逐漸冰冷」。小蓁在十月十七日的日記內提到母親在電話內一直罵人，被罵的人原來是渝渝。渝渝跟前男友均墠分手，原因是對方喜歡上小蓁。這一切加起來，不難令人聯想到她對小蓁動了殺機，並在殺人期間故意奪走小蓁的針織衫，讓她瀕死時更痛苦。

對於上司的判斷，吳冠宇大致同意，但他也補充：「從貼文以及其他隊員今日打聽所得，高妹似乎也有殺人動機。」

「怎麼說？」

「據其他同學說，高妹其實一直暗戀渝渝，但渝渝在和隔壁班的男生均墠交往。高妹只好隱藏心意，直到他們二人分手後才表白，結果高妹求愛不遂，還被渝渝不留情面地說了一頓，愛的反面就是恨，高妹因此動了殺機也是有可能。這正好解釋了她爲何會喝下香蕉水。」

「但渝渝奪走小蓁針織衫和高妹喝下香蕉水兩件事，分別代表她們是本案的眞凶，這兩者到底何者才是正確答案呢？」

吳冠宇低頭沉思片刻，忽然發現邏輯漏洞，「長官，我們之前一直覺得，她們三人之中應該有一個人是凶手，或者是其中兩人合謀殺死剩下一人，我現在才察覺到遺漏了一種可能性，而這種可能性，就能讓渝渝奪走小蓁針織衫和高妹喝下香蕉水兩件事同時變得合理。」

「是什麼？」

「接龍殺人。」吳冠宇緊接著詳細說明：「高妹和渝渝事先已戴著濾罐式防毒口罩。高妹先假裝和渝渝合謀殺死小蓁，待渝渝穿上小蓁的針織衫和小蓁昏迷後，高妹想辦法讓渝渝昏迷，之後再喝下香蕉水掩飾一切和脫去濾罐式防毒口罩。這樣就能同時解釋渝渝奪走小蓁針織衫和高妹喝下香蕉水兩件事。」

「但這樣的話，小蓁和渝渝可能會有死亡時間差？」

「高妹只要把盛有香蕉水的杯子放到已昏迷的渝渝鼻子前，讓她吸下幾口濃度較高的香蕉水，應該就能多少抵消時間差。實際上，現場環境報告提過，現場的甲苯濃度估計只須十五至三十分鐘就可讓人昏迷，相對於死亡時間的誤差並不長，即使沒有其他舉動也不一定會讓三人的死亡時間有很大分別。」

張文雄覺得這個推論合理，但他隱約感覺這個解釋還是有點不對勁，小蓁的日記和渝渝的Threads中仍有一些解釋不通之處。他問：「渝渝最後一篇Threads貼文說這是『倒數第二次貼文』，她的最後一則貼文在哪？」

「那則貼文上標示著是一週前發出的，而她們是在十月三十一日執行計畫，距今只有六天。如果短於一週，Threads會寫確實日數而不是週數，代表這個貼文是早於十月三十一日發出。或許她本來有意在執行計畫當日再貼文，卻忘記了？」

「還是她已貼在Instagram上？」

「沒有，她的Instagram從她使用Threads開始就沒有新貼文。當然，她中途有沒有使用限時動態我們是可以向Instagram公司查詢，但限時動態應該不算貼文吧？」

張文雄覺得事情並沒完全解決。她們能夠想出這種複雜的密室詭計，不大可能會犯下忘記貼文的錯誤。可惜他們二人完全沒有頭緒，只好先回家休息。

結果證明渝渝沒有弄錯。在同日晚上，最後一則貼文悄悄出現了——

小蓁的針織衫很溫暖。謝謝妳，也對不起。希望下輩子我們能再做好朋友……

配上這段文字的照片是在美術教室內的自拍，其中一條垂掛在長桌旁的大毛巾也在相框之中。這是渝渝臨終前，穿著小蓁的針織衫拍下的照片。

她利用了Instagram排程貼文的功能，讓照片在自己死去六天後自動刊出。

8

十一月七日早上，大木分局偵查隊因昨晚出現的Instagram貼文忙得不可開交。媒體報導和查詢接踵而來，偵查隊隊長和分局局長也緊張得過來問候，張文雄的團隊只得重新審視所有線索，檢查有沒有被忽略的細節。但他們忙了大半天後，自覺有用的重點早已整理出來了。

張文雄和吳冠宇二人對坐著，中間放滿了過去一星期辛苦得來的各種證據和筆錄。年輕的吳冠宇有點沮喪，忍不住嘆了口氣，「現實的案件果然比推理小說難找到眞相呢。」

張文雄苦笑，「你終於明白偵查隊的工作不簡單了吧？」他其實也沒有資格說什麼，因爲這起案件比他過往處理過的都要複雜。

吳冠宇回應：「對呀，畢竟現今的推理小說大都遵循契訶夫法則，基本上不會出現完全沒有用的內容，但現實案件不一樣，蒐集回來的情報到底哪些有用、哪些沒用，在解決案件之前根本不會知道。」

「嗯，我們之前一直以爲渝渝對小蓁動了殺機，怎料從昨晚的貼文看來，渝渝不只對小蓁沒有敵意，還感謝小蓁，似乎針織衫是小蓁自願讓對方穿的。那麼就只剩下高妹殺死二人的可能性了，但高妹似乎對小蓁沒有殺人動機。」

吳冠宇附議：「說起來，小蓁在日記內提過，她被霸凌時儘管高妹在場，但都只是站在後面看，高妹會提醒她要穿針織衫來學校，遮掩一下身材以減少被霸凌的機會，也曾向渝渝解釋自己是被迫加入，這幾點綜合起來，高妹似乎不討厭小蓁。」

張文雄托著腮，茫然地盯著桌上的文件。此刻的他已經完全沒轍了，但他不甘心在退休前才留下污點，也不希望辜負兒子在國小時對自己的崇拜，決定死馬當活馬醫，誠懇地問下屬：「冠宇，如果我們與這起案件都是一部推理小說的內容，以你的推理迷經驗，接下來會發生什麼事？」

吳冠宇愣了一下，似乎沒想過上司會問他這種問題。他思考了一下才道：「我們可以蒐集的線索基本上都齊備了，現在應該差不多是結局的解謎部分了，但偵探還在死路內團團轉，那麼接下來應該會有個翻轉。」

「例如會有什麼翻轉？」

「例如偵探其實是凶手。」

張文雄沒好氣地翻了他一下白眼。

吳冠宇裝傻吐舌後，繼續說：「也有可能是我們一開始做的某些假設是錯的。不過，美術教室的確是完美密室，凶手只可能存在於這三人之中，這點我們剛才被局長問候後已反覆驗證過了。」

張文雄思考著部下早前與現在的話：完全沒有用的線索、一開始的假設是錯的……

忽然間，張文雄的內心感受到前所未有的清澈澄明，打破既有想法的靈感毫無預兆地降臨到他的身上。他深怕這種感覺一瞬卽逝，連忙把還沒整理得很好的思緒吐出來：「對，呃，不對，我們不是一開始有錯的假設，而是我們一開始就把正確的答案刪掉了。」

「卽是怎樣？」

「她們三人就是集體自殺。」

「這在物理層面上是可能，但她們三人互有心病，我們一開始才會撇除這個可能性。雖然從現有的線索看來，她們的關係不是太惡劣，但說得難聽一點，她們要自殺的話，隨便在學校找個地方跳下去就可以了，沒有必要故弄玄虛搞個密室出來集體自殺喔。」

「所以這個密室不是故弄玄虛，而是有必要存在，但這點我們容後再討論。我是察覺到，假設她們三人是集體自殺，很多不解之謎都變得容易解釋——」

「爲什麼渝渝穿了小蓁的針織衫？小蓁會穿針織衫只是爲了掩飾豐滿的身材，其實針織衫對她來說並不重要；渝渝怕冷，她怕瀕死時手腳冰冷會很辛苦，小蓁於是把針織衫借給她。」

「爲什麼高妹會喝下香蕉水？她不是想要掩飾自己是凶手，而是希望跟小蓁和渝渝在差不多時間共赴黃泉，因爲她比其餘兩人重，而毒物的致死劑量跟體重成正比，她得想辦法吸收較多才行。」

「爲什麼渝渝要在臨終前貼文？其中一個原因，是她怕我們單靠小蓁的日記和她的社群貼文，會猜錯她對小蓁有殺意。」

吳冠宇對這些解答沒有異議，但他還是想不通她們爲什麼要這樣做，「她們還得有集體自殺的動機，或最少要有若干共同點。」

「她們最近都經歷過令她們心碎的事：小蓁被霸凌得很慘，高妹求愛不遂，渝渝與男友分手、升上理想高中的機會渺茫，於是三人都不想活了。」

「但這些原因風馬牛不相及，她們仍然沒有必要集體自殺。」

張文雄換個角度假設，「如果她們集體自殺的目的不只是爲了自己，而是有個共同目的呢？例如要引起大衆注意之類的。製造密室是這個目的，排程貼文也是這個目的，特別是後者。渝渝如果只是怕我們誤會，她大可在拍照當天就直接貼文；她選擇排程在事發後約一週才發出，是要讓這起案件持續或重新受到社會關注。」

吳冠宇覺得這話有道理，但她們爲什麼要引起大衆注意這點還是沒有頭緒。他們二人感覺到距離眞相只剩一步之遙，然而就是這一步，他們卻碰觸不到。

在他們二人絞盡腦汁思考如何拉近跟眞相之間的距離之際，警局的行政同事氣急敗壞地跑到二人面前，「張副隊長，我們收到一封退回來的郵件……」

「收到退回來的郵件有什麼好緊張的。」張文雄皺起眉頭，聲音低沉地說。

「但這封郵件不是由我們寄出。」

「不好意思，我還是聽不懂……」

行政同事決定先平穩呼吸，再詳細說：「這封信的寄件地址不存在，無法投遞，於是退回寄件人。寄件人地址是我們分局沒錯，但我們沒寄過這封信……」

張文雄仍不懂這有何意義，倒是吳冠宇好奇探頭，覺得信封上的字跡有點熟悉，好像最近經常看到。他想了想，終於記起來，驚訝地大喊：「是小蓁的字！」

9

致所有關心我們的人：

我們是被這個社會殺死的！

從小開始，我們就被家長、老師灌輸，要努力讀書、要待人有禮、要敬老尊賢，長大後就能成爲有用的大人，貢獻社會，生活安定，幸福快樂。我們曾經以爲這都是眞的，求學時期再艱苦，只要撐過去，成爲大人之後，就能過自己選擇的好日子。

可是，原來這都是騙小孩的話！

我知道，一定會有些人覺得，我們這三名少女，年紀尚輕，沒有受過苦，只是被霸凌、告白被拒、失戀、無法考上好的高中，就覺得活不下去。不對！我們看到的是，即使我們撐過了這些小苦，未來等待著我們的只是更多更多、無窮無盡的折磨。

那些曾經認眞貢獻社會的長者，使用輪椅上公車會被司機罵，行動不便過馬路走慢一點被叭，沒有房子的去租屋又被拒絕。年紀大不是罪，爲什麼他們就得這麼慘？

但我們的父母、社會上的成年人都幹了什麼？這些成年人不久之後都會變老、變得衰弱，他們此刻卻助紂爲虐，對長者的苦況落井下石，成爲加害者之一。

我們現在看到的不只是眼前的不幸，還包括我們長大後被迫變成那種自己也討厭的大人、變老後成爲那種到處受到白眼的老人。我們看不到自己的未來，也看不到我們集體的未來，這樣的話，我們寧可未來從來不會到來。未來太可怕了，我們不要長大、不要變老，就在這盛開的少女時節結束好了。

如果犧牲我們三個沒有未來的人，能讓這個社會看清這個事實，我們願意奉上我們未曾到來的未來去交換。

蔡葳蓁
高喬亭
游涵渝絕筆

10

眞相大都得來不易，有時候卻會在冷不防間突然浮現。

小蓁、高妹和渝渝三人聯名的自白信在差不多時間也傳到各大媒體手中，偵查隊的其他隊員忙個不停，讀完自白信的張文雄和吳冠宇卻說不出半句話來，時間彷彿就在兩人之間凝住了。儘管各種蛛絲馬跡本來就存在於小蓁的日記和渝渝的社群貼文中，但沒想到少女們把它們串連起來，以自己的生命對這個社會發出控訴。

良久，吳冠宇才稍微回過神，率先開口：「對不起長官，你本來一開始就覺得她們三人是集體自殺，我卻斬釘截鐵地說不可能，好像把事情變得複雜了。」

「沒有這樣的事，我只是剛巧矇上了。」張文雄說出心底話：「當時我只是不想麻煩，想用最簡單、最不用認眞調查的方式結案，我才應該道歉。事實上，是因爲你有認眞從反方向調查，我們才會把她們互相殘殺的可能性逐步剔除，回到自殺這個方向。她們三人其實也不是單純地爲了自己自殺，現在回頭看，從小蓁十月二十七日日記中的『我們根本沒有未來』，還有渝渝一週前貼文中的『我們沒有未來』，『我們』都暗示了她們看到了超越個人自身的不幸。」

稍頓片刻，張文雄也道出自己的慨嘆：「這群少女比我們想像中成熟，她們重視的不只是自己短暫的痛苦，她們對自己的未來和這個社會的未來更在意。或許會有人覺得她們把事情看得太重、將世界想得太理想化，但她們的確指出了我們沒有重視的問題，我們的社會實在有太多對長者不友善之處。觀乎世界歷史，很多抗爭運動都是由學生發起，社會經常是由他們開始改變，因爲他們重視屬於他們未來的世界。不過，她們三人這樣做實在太傻了……」他不禁想起兒子曾經也想用自己的方法協助改變社會。

張文雄再一次幻想著三名少女仍然活著，坐在美術教室的長桌後，但這次她們不是沉迷什麼邪教儀式、不是想著集體自殺的事、沒有銅盆、沒有垂掛的毛巾，她們只是平凡地作畫。不擅長油畫的渝渝弄得髒兮兮的，熱心的高妹嘗試手把手教導她，小蓁則坐在旁邊偷偷學著。這樣的畫面該有多好……

吳冠宇垂頭喪氣地說：「結果我們要靠她們的自白信才知道眞相，跟那部所有人死光光的小說一樣，我有點不服氣……」

「不要太洩氣。這起案件畢竟發生在密室中，裡面有很多細節我們根本難以查明，這是無可奈何的事，我們下一次再努力就好。況且，收到死者的自白信並不代表事情結束，我們繼續處理後續事務吧，例如這裡，」張文雄指著小蓁日記裡某一天的天氣說：「我記得這天我休假，還跟朋友去登山，應該不會是雨天吧？」

「呃，我之前忘了報告這點，」吳冠宇連忙說：「我查證過，小蓁日記裡的天氣大部分都對不上現實的天氣，因此我猜那不是眞正的天氣，而是她的心情。例如十月二十日她哭了，當天日記裡的天氣就是雨天。」

「難怪陰天和雨天的比例這麼高……還有就是她們三人到底是如何從互有嫌隙，到冰釋前嫌，繼而集體自殺控訴社會，這點或許我們也要進一步調查。」

張文雄想起眼前的吳冠宇也是年輕人，偵查隊的未來或許正是屬於他的。儘管他經常把推理小說的浪漫帶到工作，但他對偵辦案件的熱誠不容置疑，自己很大程度上是被他感染，才會認眞對待這起案件。想不到日記上的天氣這種小事他都有認眞調查，張文雄覺得值得鼓勵，對他說：「之後找個機會，我親自帶隊，讓你在旁學習吧。」

「欸？真的嗎？謝謝長官！」

張文雄不是要當什麼好前輩好長官，他只是想起，他以前的上司也曾經這樣說過做過，他只是把這個傳統延續下去。他也希望在自己的崗位上，讓年輕一代能夠看得見自己，以及整個群體的未來。

〈少女未來的未來〉完

永恆的愛

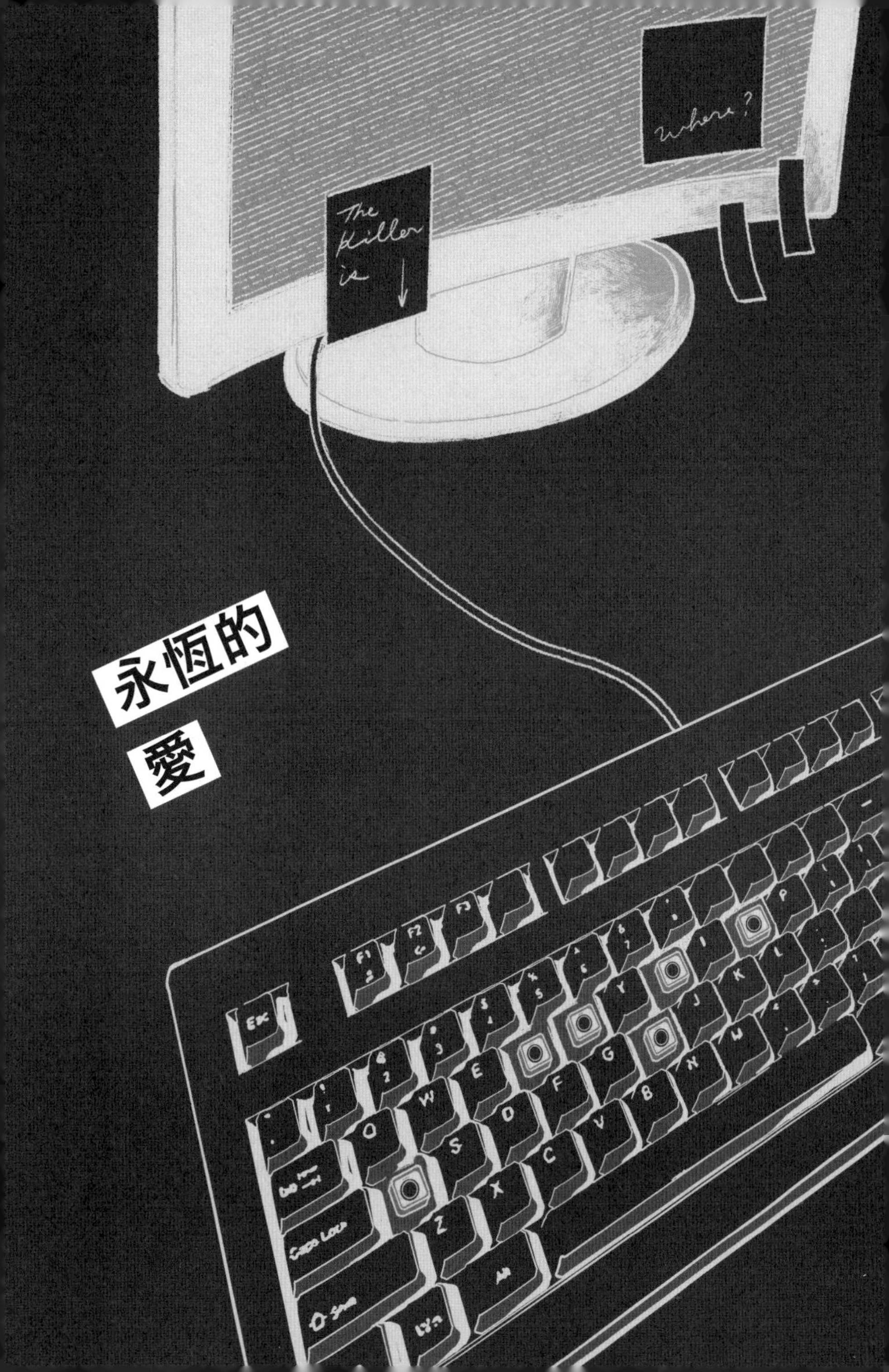

1

「歡迎各位同事出席週年晚宴。我在此謹代表全像集團，感謝各位在這一年來的付出和努力。」麥健娜站在台上，以標準且流利的英語演說著。

爲了答謝員工的辛勤和體現「與員工共享成果」的集團理念，全像集團每年均會舉辦週年晚宴，集團內所有員工皆會獲邀出席，共聚一堂享受熱鬧的晚宴和精彩的表演。

這次的週年晚宴比過去的都要盛大，因爲今年是全像集團成立一百週年的大日子，週年晚宴自然成爲重要的慶祝活動之一，亞洲區各國分部的週年晚宴都集中於今日同時舉行。

由於晚宴同時於多地舉行，麥健娜當然無法親身到達各宴會會場，但她在台上致辭的過程，將會透過實時64K解析度全像攝影及投影技術於其他會場播放——全像投影技術是全像集團的重點業務之一，其品質之高，已經能通過「圖靈影像測試」，即一般人在不觸碰和不干擾的情況下，是無法分辨那到底是全像投影還是實物。在週年晚宴上使用這種技術，正好可以展示集團的實力。

「來年，集團計畫將全像投影技術應用於家庭娛樂及電子出版業務上，務求爲大衆提供最眞實的體驗。我期待全像集團在這方面的市場占有率將進一步提升，明年大家能夠獲得的紅利或許也會增多呢！」麥健娜繼續一臉自信地致辭。

麥健娜清楚知道，現在自己說的一字一句，一舉手一投足，都在亞洲區逾萬名員工的視線之下。儘管如此，她一點都不緊張，畢竟她已經是第三年站在這個台上致辭。三年前，當時只有三十二歲的她獲委任爲集團的亞洲區總經理，成爲集團創立以來最年輕的區域總經理。她不負衆望，在上任的短短三年間，把亞洲區的業務轉虧爲盈，特別是積弱多年的娛樂及出版業務。她眼光獨到，而且勇於創新，成功把娛樂及出版部門與餐飲、零售及技術部門整合，產生強大的協同效應，如今全像集團的娛樂及出版業務已成爲年輕人關注的焦點所在，持續受到強烈的追捧，每當有新產品推出之時必定引起搶購熱潮。

麥健娜富有商業頭腦，做事嚴謹果斷，但在其精明能幹的背後也有體諒員工的一面。她公私分明，知人善任，上任後制定了衆多的德政，讓員工可以在工作和家庭中取得平衡，加上她那可與模特兒相媲美的的身材，以及看來只有二十多歲的年輕外貌，麥健娜深得集團上下的認同，也因此吸引愈來愈多的人才加入全像集團。

麥健娜深明員工的感受，理解台下沒有多少人是爲了聽她說話而來，加上各國分部雖然都是位於亞洲，但仍有一、兩小時的時差，爲免員工餓壞肚子，她長話短說，在幾分鐘內道出重要的內容後，就開始總結。

致辭完畢，接下來是簡單的敬酒儀式。宴會會場的服務員這時把準備好的香檳拿到台前。麥健娜保持微笑，拿起托盤上的酒杯，準備向台下及各國員工敬酒。

正當所有人都以爲今晚的晚宴將會繼續順利地進行下去之際，不知道是因爲酒杯外沾有酒，還是麥健娜在宴會前東奔西走，跟集團上下的員工打招呼而過於勞累，她這時竟一時手滑，失手把裝有香檳的酒杯掉到地上。

麥健娜的小腿感到一下刺痛，她不用低頭檢查也猜到是被酒杯的玻璃碎片割傷。紅色的鮮血徐徐從她的傷口滲出。這一幕除了坐在最接近舞台的集團高層人員清楚看到外，也被全像攝影及投影技術傳送到其他地區的宴會會場播放著。

麥健娜沒有慌張，她慶幸香檳沒濺到台下的高層成員，也沒破壞舞台上的設備；倒是坐在台下的亞洲區副總經理葉成陸驚叫了一聲。他身爲麥健娜的副手，跟她合作多年，知道她是名副其實的女強人，在職場上威風八面，個人卻有點粗心，只是沒料到她竟然在這重要關頭出岔子。

各國宴會會場高漲的氣氛被那清脆的玻璃碎裂聲徹底毀掉了。頃刻間，不只現場看到這一幕的人變得六神無主，其他地區的員工也不禁緊張起來，爲這位亞洲區總經理要如何面對這窘境而感到不安。

「眞不好意思，嚇了大家一跳。」不過，出乎衆人意料之外，麥健娜堅定而穩重的聲音很快就再次傳來。衆人的目光由台上的玻璃碎片、她的傷口等，馬上集中回她的臉上。她一臉自信地說：「剛才發生了一點小意外，這是我們彩排時也沒料到的事故。但現實就是這樣，無論我們如何小心謹愼，總會有小意外或我們無法預料的事情發生，最重要的是我們如何去應對、如何去轉危爲機。就如過去幾年發生肆虐全球的傳染病，市民必須減少外出和保持社交距離，零售及餐飲業大受打擊。我們卻懂得把握時機擴展電商業務，結果集團大部分業務不僅沒有受到明顯衝擊，出版、娛樂及電商業務更大幅增長。這就是全像集團的應變能力，也是在座各位群策群力的成果。疫情沒有打倒我們，一個酒杯也當然不會影響大家的雅興。」

葉成陸在麥健娜說著這番卽興演辭的同時，已請服務員準備了另一杯香檳，這時看準時機示意對方送上。麥健娜接過酒杯，向台下敬酒道：「我在此再一次感謝各位這一年來的辛勞。今晚就請大家暫時忘記工作，盡情享用晚宴。乾杯！」

台下掌聲雷動，歡呼聲更勝去年，爲這場一百週年晚宴揭開華麗的序幕。

麥健娜化險爲夷，葉成陸向她偷偷豎起拇指，她也報以微笑回應。

葉成陸和麥健娜二人曾經同爲亞洲區副總經理，爭奪晉升總經理的機會。葉成陸比麥健娜年長二十歲，經驗豐富，做事謹慎，然而全像集團在亞洲區亟需創意和動力去扭轉劣勢，最終集團選擇了提拔麥健娜。葉成陸不敵對方超卓的膽識、眼光和領袖魅力，敗陣下來後決定專心當對方的副手。麥健娜亦清楚自己粗心大意的缺點，虛心接受葉成陸的輔助，二人在工作上因此成爲了最佳拍檔。

如果葉成陸不是年紀稍大，也早已成家立室，說不定他們早就傳出緋聞。事實上，因爲麥健娜的工作能力和外表，她深得集團內不少男同事的好感。不過，至今幾乎沒有人追求她，除了因爲地位有別之外，任誰都知道她有一名同居男友加里。他每日在家中負責照料麥健娜的起居飲食，近年更因擅長烹飪而成爲知名網紅。

2

「娜娜，妳回來了，我等妳好久啊！」晚宴結束，麥健娜回到家，才剛打開家門，其同居男友加里的聲音就傳到她的耳邊。

她快步走進家中，把門關上，白了加里一眼道：「如果有同事送我回來，聽到你這麼親暱地呼喊我，我就完了。」

加里走近，接過麥健娜的手提包：「娜娜妳千杯不醉，我才不信妳需要同事送回來。」

「也不一定，人總有失算的時候，我今晚就差點出洋相了……」拖著疲倦的身子，麥健娜迫不及待地跌坐到電動按摩椅上。儘管她知道自己其實並不需要按摩，但這個動作彷彿已成爲她的習慣。

加里蹲到她身旁，替她脫掉高跟鞋，並代替電動按摩椅搓揉著她的小腿。

「讓機器按摩就可以了。」麥健娜說：「悶在鞋子內一整天，我的腳可能有點髒呢。」

加里沒理會麥健娜的話，一邊繼續按摩，一邊溫柔地說：「妳知道我不怕髒，而且這是妳的腳，再髒也是香的。」

「你的調情話太誇張了吧？」

「是嗎？那我證明給妳看。」加里沒待麥健娜回應，就逕自脫去她的絲襪，輕舔了對方的腳掌一下。

麥健娜自己也感到難爲情，連忙喝止加里：「這個動作很噁心，不要再舔啦！」

「很噁心嗎？」加里把臉靠近麥健娜，裝作要用剛舔過她的腳的舌頭來舔她的臉，嚇得她如少女般尖叫起來。

加里咯咯地笑起來。他看到對方的小腿貼著歪向一邊的ＯＫ繃，猜到是她匆匆貼上，於是在成功作弄她後，就去把家中的急救包拿出來，替她重新處理傷口。

麥健娜在職場上是個不折不扣的女強人，私底下卻小鳥依人，事事受男朋友加里的呵護。加里和她同居六年，這些年來全職留在家中負責家務。加里尤其擅長烹飪，總是能做出麥健娜百吃不厭的精緻菜色。直到去年，麥健娜怕他整天留在家中太無聊，鼓勵他在網路上分享烹飪心得，結果大受歡迎，他迅即成爲烹飪界網紅。不過，他從不接受業配工作，也不會現身參與任何活動，就一直留在網路上，因爲對他來說，照顧麥健娜才是他的正職。

加里的視覺年齡跟麥健娜差不多，看來二十多歲。他在網路上現身時總是穿著貼身的背心和短褲，高大的體格和健碩的肌肉線條一覽無遺，所以他的部分支持者並不在意他精心烹調的食物，眼中其實只有他這個「小鮮肉」。

當然，也有一些人是眞心認同加里的廚藝，尤其是他的切菜刀法驚人，能夠高速把食材切割成相同大小。不過，麥健娜看過一次直播後，就阻止他再次當場表演，說是擔心他切到手。加里雖然說自己不像麥健娜大意，這種重複的切菜動作他不可能出錯，但既然麥健娜不喜歡，加里也樂意順從。

加里成爲網紅後，除了他自己有點精神寄託外，對麥健娜也有好處。全像集團的員工當中有少數人曾到訪過麥健娜的家，很快就認出了加里，消息不一會就傳遍整個集團。之前一直暗戀麥健娜的員工大都知道她有同居男友，但看到對手如此優秀、感覺到他們二人才是天造地設的一對後，馬上大打退堂鼓，麥健娜也因此免卻了拒絕狂蜂浪蝶的麻煩。

加里替麥健娜處理傷口的時候，麥健娜一直盯著他的側臉。她回想起六年前開始和加里同居之際，某程度上只是想有個忠誠的人能夠一直照顧自己，讓自己專心工作。然而隨著二人相處漸久，她對加里的好感與日俱增，一年前更開始眞正愛上對方，才希望對方的生活能夠更充實。

「加里，你對我實在太好了。」麥健娜忽然感觸地說。

加里剛處理好傷口，把手上的東西收拾好後，直視著麥健娜反問：「我對妳好不是應該的嗎？」

「但你這幾年來一直爲我無條件地付出，我總覺得虧欠你太多了。」

「娜娜，妳想多了。妳不是也爲我付出了很多嗎？」

麥健娜沉默了半晌。她嘗試轉移話題道：「我……你……」平日做事果斷的麥健娜，這時竟猶豫起來，不肯定應否說下去。

「妳怎麼了？是我剛才的玩笑開得太大嗎？對不起。」

「不，」爲免加里誤會，麥健娜只好鼓起勇氣說出心中的憂慮：「我只是愈來愈愛你，擔心有一天如果失去了你，我要怎樣活下去……」

「妳眞是傻瓜，這不可能！妳知道我是絕不會變心。」

「我不是這個意思……」

「妳是擔心我的網紅身分會影響我們的關係嗎？我可以不再做啊，反正我只把它當作消遣，照顧娜娜才是我的終身職業。」

麥健娜聽到加里的回覆，心揪了一下。她知道有些事情加里是難以理解的，再說下去也無濟於事。她想了想，還是決定先假裝沒事，微笑著說：「謝謝你。」

加里輕吻了麥健娜一下。

當晚，他們二人如平日般同床休息，但麥健娜根本睡不了。她終於對「同床異夢」這個成語有了更深刻的理解和親身的體會。

她雖然努力嘗試忽略心中的不安，可是她愈努力去忘記，那團代表焦慮的烏雲卻愈膨脹，幾乎把她的腦袋堵塞得停止運作。

她想，原來在職場上再堅強果斷的女人，在愛情面前還是可能完全沒轍。

她清楚知道，那根刺不拔掉的話，只會愈刺愈深；然而那根刺是她無法獨力拔除的，加里亦幫不了她。理性告訴她，她是時候求助於人。

麥健娜幾乎沒有朋友，當刻只想到一個人，或許也曾有過同樣的煩惱。

3

麥健娜體諒不少員工可能在週年晚宴會玩得較晚，所以事前已發電郵通知，容許集團員工於晚宴翌日休息一天。不過，她自己今早還是準時回到辦公室。

辦公室內只坐著不到一半的員工。這些員工可能是因爲盡責而回來工作，也有可能是猜到麥健娜和葉成陸仍會準時上班而放棄休假，但到底在座的員工是屬於前者還是後者，麥健娜此刻完全沒有心情去思考，她只想到今日上班的員工少了，找她報告事項的人也自然不多，她就有餘暇去找葉成陸求教。

她完成了手頭上的重要工作後，就馬上撥了一通全像投影視訊電話給葉成陸。麥健娜習慣只有在緊急的情況下，才會使用電話，否則都會以電郵或訊息代替，方便對方有空時才回應，她亦要求其他人這樣做。葉成陸看到她的來電，當然以爲發生了什麼大事，連忙接聽：「健娜，有什麼麻煩事嗎？」

「唔……阿陸，你待會有時間……一起去吃午飯嗎？」

葉成陸看著對方的影像，眨了眨眼，感到有點錯愕。除了必須出席的工作聚餐和宴會，麥健娜從未主動邀請過任何員工私下一起用餐。而且，由於高層員工的行程緊密，工作聚餐和宴會一般都經私人助理預約，極少如此即興。麥健娜今日說話的語氣也有點奇怪，葉成陸從沒看過對方如此猶豫，臉上還彷彿泛著少女懷春般的靦腆。

由於所有事情都不合邏輯，葉成陸不禁在內心反問自己：「我昨晚沒喝很多酒，照道理不會有幻覺吧？」

麥健娜察覺到對方的異樣，急忙解釋：「噢，不好意思，我只是一時興起，並不是有什麼重要事情。如果……如果你已有其他安排，就改天再約吧，哈哈……」

「不，」葉成陸雖然覺得事有蹊蹺，但他今日的確有空——他擔心晚宴過後會宿醉，所以今日整天都沒有安排重要的約會——於是回應：「我剛巧有空。妳有特別想去的餐廳嗎？如果沒有，我就請私人助理安排一下，稍後通知妳。」

醉翁之意不在酒，麥健娜根本不在意吃什麼，只希望找間較寧靜、隱私度較高的餐廳跟葉成陸暢談。葉成陸答應替她安排。

後來的幾小時，麥健娜都無心工作，只想著待會有什麼問題要請教對方。好不容易熬到中午，麥健娜的私人司機載他們二人前往目的地。一路上，麥健娜並沒有任何不尋常的舉措，她如常般跟葉成陸談公事、討論集團的發展等。葉成陸以爲剛才在視訊電話的過程中他眞的看到幻覺，有空要找醫生檢查一下，直到他們二人到達餐廳和點餐後，他才肯定自己並沒有病，有狀況的反而可能是麥健娜。

「阿陸，我今天單獨約你出來，其實是有些私人事情想請教你。我沒有朋友，不知道還可以問誰……」麥健娜以比平日柔和的聲音說。

「啊！妳不用說請教這麼嚴重。如果有什麼是我懂的話，我很樂意幫忙。」

「那就好了。」麥健娜高興地回應，突然一臉凝重地說：「我想問，你們……不，是你，你有沒有擔心過自己或妻子哪天先行一步的話，另一方會怎樣？」

麥健娜的問題相當唐突。如果麥健娜是在和葉成陸爭奪總經理職位的期間向他如此提問，他甚至可能會誤以爲對方想對自己或妻子不利。葉成陸現在當然知道對方沒有惡意，很可能是基於某些原因才忽然有這樣的擔憂，說不定是麥健娜發現患上了絕症。不過，麥健娜自己沒有親口說，他也不便查問對方的身體狀況。思前想後，他還是只直接回答對方的問題：「我想大部分的夫妻都會思考過這個問題，畢竟生老病死是人生必經的階段，沒有人能夠倖免。我的太太雖然有自己的事業和社交圈子，但對她來說，我應該是她的生活支柱，比什麼都重要。如果我先死的話，我實在很難想像對她的打擊會有多大。」

麥健娜專心地聽著，確認葉成陸能夠給予她想要的答案，興致勃勃地追問：「但正如你所說，生老病死是人類無法逃避的，那怎麼辦好？」

「所以我在十年前就想通了，決心要比內子活得更久。我平日多菜少肉、多休息、不吸菸、少喝酒，還有每天做運動，都是爲了健康和長壽。想起來，三年前集團選擇了擢升妳，或許對我來說也是件好事，我就不用那麼操勞了。呃……我是眞心的，並不是諷刺妳。」

「這點我明白……不，我還是不明白。」麥健娜有點似懂非懂，只好再問：「我不明白，你說你決心要比妻子長壽，那你不就會經歷喪妻之痛嗎？怎麼可能承受得了？」

「那妳認爲她可以承受得了喪夫之痛嗎？」葉成陸反問過後，無奈地嘆了一口氣，道：「如果這種痛苦終歸要有一個人單獨去面對的話，就由我來好了。」

麥健娜聽到這個答案，雙目微微睜大，也逐漸濕潤起來。回想起來，她過去只在意工作，到現在才終於有機會明白什麼是眞正無私的愛。

餐廳的侍應這時把食物送上，他們二人一邊進食，一邊談論其他有關葉成陸夫婦之間的話題，例如他們是如何相識、兩人相處之道等。葉成陸起初覺得有些尷尬，話題竟然全都是有關自己的私生活，但他看到麥健娜如此興味盎然，便決定多跟她分享。

其實葉成陸一向視這個比自己年輕二十歲的女孩爲半個女兒，在工作上盡力協助她；現在她好像在生死和愛情上有什麼煩惱，雖然沒言明原因，但他仍希望能盡一點綿力。他本來也想藉此機會問淸楚對方是否有什麼隱疾，可惜終究開不了口。

4

麥健娜成功從葉成陸身上獲得不少值得參考的答案，但這些都無法令她釋懷，因爲她清楚明白，她和加里的情況跟葉成陸和他的妻子截然不同——

加里無法理解生老病死。

而對她來說，她捫心自問，自己亦無法做到如葉成陸般那麼無私。她記得當晚跟加里談話，對方提到照顧自己是他的終身職業時，那一下揪心的感覺有多強烈。她實在無法想像，到有一日加里無法兌現承諾、離她而去的一刻，她會如何心痛。

由那天起，麥健娜的思緒就幾乎完全被煩惱支配著。她愈努思考生死和愛情的問題，就愈害怕。她愛加里，但就是因爲愛上了他，才害怕有一天會失去他的愛，再次變得孤零零。麥健娜在感性角度想不到解決辦法，於是求諸理性，得出的答案是盡量疏遠加里，希望自己對加里的愛會有減退的一天，問題就再不復見。

麥健娜於是放棄愛情，重新專注於工作，甚至開始把葉成陸的部分工作都扛下來。葉成陸肯定麥健娜私底下出了什麼問題，曾想旁敲側擊打聽原因，麥健娜卻只說是受到對方的愛情故事感動，希望他有更多時間陪伴妻子。葉成陸再笨也知道這不是眞正的答案，然而他早已放棄爭名逐利，即使這是麥健娜希望架空自己的舉動，他也欣然接受。

至於另一邊廂的加里，由於麥健娜披星戴月地工作，他的生活變得空虛，只好把多出來的時間投放到網紅工作上，支持者的數量持續增加，甚至吸引到全像集團的出版部門邀請，成爲旗下作者出版書籍。

麥健娜對此毫不知情。直到三個月後，在一次集團會議上，出版部門報告近期最暢銷的書籍是加里的《帥哥廚房》，短短兩個月內已加印至第五版；娛樂部門也說在出版部門的引薦下，已跟加里簽約，拍攝一季的互動全像投影烹飪節目《帥哥登門陪下廚》，節目賣點是觀衆能夠跟虛擬廚師即時互動，享受一同下廚的樂趣。當刻麥健娜才發現，她和加里已在不知不覺間出現了巨大的鴻溝。

麥健娜在會議期間用盡九牛二虎之力來壓抑怒火，她恨那些同事不提早知會她，也恨他們自以爲是，以爲與加里合作可以討她歡喜，但她更恨加里一直對她隱瞞，令她幾乎成爲全集團最後一個得悉此事的人。

麥健娜怒火中燒，回到個人辦公室後，把本來只是用作裝飾的一瓶洋酒一口氣喝光。她反問自己，這不正是她想要的結果嗎？與加里繼續疏遠，讓他回到只是個照顧自己起居飲食的存在，就如最初與加里同居的目的一樣，愛和恨都沒有，這樣就不會再添煩惱，也不用經歷痛不欲生的生離死別。爲什麼現在看到他生活得好端端，在網路上大歡迎，心裡反而充滿怨懟和不忿？

是嫉妒！麥健娜的理性告訴她，這就是嫉妒的感覺。她看到其他人——特別是女性——可以和加里相處融洽，便感到不是滋味。那些人不會付出，卻想占加里的便宜，麥健娜愈想就愈覺得可惡。自己得不到的東西，其他人都不能擁有！她決定今晚回家要跟加里說個清楚。

麥健娜把辦公室內的另一瓶酒也喝光，然後準時下班回家，這似乎是她加入全像集團十二年來的首次。她甫打開家門，加里興奮的聲音就傳了過來：「娜娜，妳今日好早啊！我好想念妳！」

「嗯。」麥健娜淡淡地回應。她回睡房更換完衣服後，加里已從廚房回到客廳，坐在沙發上等候她。

麥健娜看著加里的笑臉，總覺得他好像在諷刺自己，嘲笑她什麼都不知道。她不禁怒瞪了加里一眼。

加里不解地問：「妳身上的酒味很濃烈呢，心情不好嗎？」

「沒有。」麥健娜說。

「那就好了。飯菜我已經準備好，我們現在吃晚飯吧！」加里說罷便高高興興地走進廚房。

麥健娜有想過喝止他，但她還未有開口的勇氣，只好先吃晚飯，再看看事情會如何發展。

晚飯時，加里一如往常隨便吃了幾口，其餘大部分時間都只是看著麥健娜吃。麥健娜本應習慣了這樣的氣氛，但她今日看到加里盯著自己，就渾身不自在，最終她沒有比加里吃得多，就放下碗筷：「我不吃了。」

「欸？」加里關切地問：「妳不舒服嗎？還是不合胃口？如果妳想吃其他東西，我可以再去做。」

「不用了。不過，我有點事想問你。」

「好啊！娜娜有什麼東西不懂嗎？我很樂意幫妳。」加里就像一隻忠心的狗，主人已經把刀藏在身後，牠卻毫無戒心，仍笑著主動走上前。

麥健娜吸了一口氣來壯膽，然後單刀直入：「爲什麼你跟全像集團簽約出書，都不事先跟我商量？」

「噢，妳知道了？」加里仍保持著微笑回應：「哎呀，我想等書出版後，給妳一點驚喜嘛。」

麥健娜嘖了一聲，追問：「不是已加印到第五版了嗎？但你還未告訴我呀。」

「第五版？」加里沉默了數秒，彷彿在腦海中尋找出「第五版」的意思後，才回應：「原來書已經賣到第五版？我不知道啊，可能編輯忘了告訴我。其實我一直想找機會跟妳說，但妳最近很忙，每日早出晚歸，我覺得為這點小事就妨礙妳休息好像不太好，所以一直沒說。我本來打算今晚跟妳說呢。」

「是嗎？眞巧合呢！」麥健娜嘲諷。

加里聽不出弦外之音，還愉快地說：「對呀，眞巧合，證明我們很有緣分。」

「緣分」這兩個字觸動了麥健娜的神經，它就如掉進了麥健娜心中的助燃劑一樣，令她的怒火在一瞬間變成失控的猛獸，到處狂奔，胡亂噬咬。麥健娜失去耐性，對加里毫不客氣地大喊：「你明白緣分是什麼意思嗎？不懂就不要亂說！」

加里眞的不懂什麼是緣分，剛才那句話其實只是突然出現在他腦海中的調情句子。他看到麥健娜的反應，知道自己得罪了對方。儘管他不理解原因，他還是馬上道歉：「娜娜，對不起。妳不要這樣吧，我知錯了。」

「你知錯什麼？你根本不懂！」麥健娜的怒火並沒有降溫。

加里為了安撫對方，只好使出殺著，深情地說：「娜娜，我愛妳。」他接著伸手去輕撫麥健娜的頭髮——據統計，如果女朋友正在發脾氣，這是最有效令對方平復下來的方法。

可惜這並沒有奏效。如果說「緣分」二字是助燃劑，那麼「愛」就是火藥，麥健娜的理性完全被炸掉，近乎歇斯底里地大喊：「愛？你對我的根本不是愛！」

加里完全不明白發生了什麼事，一臉委屈地說：「但我真的全心全意去愛妳啊！娜娜，我到底做錯了什麼？」

「你沒錯，可能對你來說這就是愛，但這並不是真愛。」

「真愛？愛和真愛有什麼不同嗎？對不起，我真的不懂……」

「你當然不懂！人類的真愛，就是基於伴侶雙方的壽命都有限，才會懂得在僅有的時間內互相珍惜，甚至為對方做出必要的犧牲。你連生老病死都不懂，卻一天到晚說永遠愛我，這根本不是真正的愛！」

「對不起，我真的不懂生老病死的事，」加里低下頭道：「因為我只不過是仿生人。」

5

加里並不是人類，他是麥健娜在六年前花大錢買回來的機器人。加里是由藍血人科技有限公司製作的第三代仿生人，簡單來說，就是擁有人工智慧的機器人。第三代仿生人擁有仿生肢體和仿生五官，外表跟常人無異，但在表層仿生皮膚、仿生血管和仿生肌肉之下，內裡實質只是機器；其人工智慧雖然可處理一般對話和行動決策，但無法處理和表達感情，跟情緒有關的對白都是靠仿生人腦在資料庫內搜尋，再配合當時的人和事去適度調整。第三代仿生人基本上不用進食，隔日充電即可，但爲了更像眞人，以及方便陪伴人類進行各種活動而不被他人察覺眞身，他們是可以「進食」的，食物經過仿生人的口腔後會掉進暫存空間內，事後只要在變質前取出就沒有問題。

六年前，麥健娜知道卽將要與葉成陸爭奪亞洲區總經理之位，爲了可以專心工作，她於是購買加里回來當她的管家，照顧她的起居飲食。麥健娜在網購下單時已選擇把仿生人設定成「管家模式」，不料加里來到時卻不知爲何處於「男朋友模式」，可能是因爲購買第三代仿生人的人大都是富裕的獨身者，他們幾乎都讓仿生人當男女朋友或者夫妻。由於修改仿生人的設定只能在廠房內進行，麥健娜和葉成陸的競爭當時已經展開，她實在沒有空閒時間把加里退回廠房重設，於是只好將錯就錯繼續使用。直到一年前，她已晉升爲總經理一段時間並逐漸站穩陣腳，時間變得充裕後，她卻開始對這個「男朋友」動了眞情。

這一年來，麥健娜終於明白愛的感覺是怎樣，她是眞心愛上加里。然而她無法欺騙自己，加里只是個仿生人，那些愛都是假的，也不是眞正永恆的愛。愛的反面就是恨，她自覺被加里欺騙感情，加上加里近日對她的隱瞞，現在麥健娜完全恨透了加里，只想他永遠消失。

剛才沮喪得低下頭的加里仍未察覺到危機逼近，這時重新抬起頭，仍希望能夠當麥健娜的好男友，泫然欲泣地說：「我雖然不是眞人，但仍會盡力去愛妳，陪妳終老。」

又一個刺激麥健娜的詞語！她瞪著加里問：「你知道終老是什麼意思嗎？」

「我知道。我是受藍血人科技有限公司保固的第三代仿生人，產品保固一百二十年，肯定比一般人長壽，我可以一直愛妳，直到妳老死，就是陪妳終老的意思。如果妳對葬禮有任何想法或要求，可以告訴我，我一定會按照妳的意願辦妥，然後繼續陪伴妳，直到保固期完結爲止。」

麥健娜的雙眼之中已再沒有怒火，取而代之的是絕望而冷漠無情的眼神。她直直地看著眼前的機器人道：「這些對我來說都沒有意思。」

加里已經再想不到討好對方的方法，幾乎是哀求麥健娜般道：「那我要怎樣做，娜娜妳才會原諒我？」

麥健娜忽然目露凶光，展現出殺機：「我不想再見到你，請你自殺。」

加里吃了一驚，他嘗試在仿生人腦中搜索出拯救自己的線索：「根據機器人三定律的第三定律，機器人可以保護自己。」

麥健娜似乎比加里更熟悉機器人三定律，她帶著陰險的笑容反駁：「第三定律的大前提是不違背第一或第二定律，但第二定律是機器人必須服從人類命令，這就是我的命令，所以請你自殺。」

「娜娜……求妳不要殺我……我會聽話……會努力令妳高興。」加里帶著哭音斷斷續續地說。

「夠了，你不用再裝哭，我已經不需要你。只有你消失了，我才會高興。」

加里確認麥健娜心意已決，收起臉上的所有表情。第三代仿生人其實沒有眞正的情感，臉上的表情、肢體的動作、說話的語調等，純粹是按照選定的對白模擬出眞人相應的表情。

他接著站起來，步向睡房，把藏在睡房內的電槍拿出來。

根據機器人第一定律，機器人不得傷害人類，或坐視人類受到傷害。爲了令仿生人能夠在主人受到襲擊時出手相救，所有仿生人在出廠時均配備一把電槍。由於加里不會離開家門，終日把電槍帶在身上，反而可能因走火而對麥健娜構成危險，也可能會在拍攝烹飪片段或做直播時被看到，所以加里一直把它藏在睡房。

這種電槍屬非致命武器，目的是擊退或擊昏對仿生人主人不利的凶徒，一般而言不會對人體造成永久傷害。然而如果把它對著仿生人腦使用，仿生人的中央處理器和記憶體會發生短路，造成無法逆轉的傷害。即使送回原廠更換仿生人腦，原有的記憶亦無法恢復，等同是另一個仿生人。

加里把電槍指向自己的太陽穴，在他本應不再帶有表情的臉上，這時竟泛起一抹難以形容的複雜笑容。他保持著這個表情說：「娜娜，對不起，我傷害了妳。但我是眞的愛妳……現在，我將執行妳要求的指令。永別了，娜娜……」

在這一瞬間，麥健娜的胸腔傳出劇烈的揪心之痛，因爲她認出了加里的表情，那是加里和她第一次見面時，呼喊麥健娜爲「娜娜」和「女朋友」時的害羞表情。

麥健娜這六年來和加里相處的快樂回憶，忽而在她的腦海中如走馬燈般高速倒播。理性告訴她，第三代仿生人的表情都是假的，只是中央處理器利用電流刺激仿生肌肉，擠出跟人類一樣的表情罷了。但她的感性亦提醒她，即使對方只是仿生人，她對加里的愛都是最眞實的感受。

她自己也懂得，人類的眞愛是在有限的人生中互相珍惜和犧牲，儘管他們之中只有一人的生命有限，也不代表他們之間不能發生眞愛。

麥健娜異常混亂，愛與恨在內心交戰，但她明白有些大錯鑄成了就無法挽回，既然她此刻無法下定決心，就絕不能讓加里死在她的面前——最少現在不可以！

在她改變心意的一刻，她馬上以迅雷不及掩耳的速度向前衝，一掌打向加里手上的電槍。電槍發射的電擊剛好在下一瞬間脫離槍管，打偏在加里身後的花瓶，部分碎片彈出，割傷了加里的手臂，滲出藍色的仿生人血。

加里怔了一怔，才發現自己沒死。他猶有餘悸，完全沒察覺到手臂上的傷，顫抖著望向麥健娜：「娜娜……」

麥健娜很想擁抱加里，但她沒有忘記是自己親口要求對方自殺。她自覺沒有顏面再面對他，便頭也不回地跑出家門。

加里想追上去，但他走到大門前便猶豫起來，因爲麥健娜吩咐過加里不可外出。他開始思考：根據機器人第二定律，他必須聽從麥健娜的指令；但第二定律的大前提是不違反第一定律，如今麥健娜在思緒極其混亂的情況下到處亂跑，說不定會做出什麼傻事，自己不能坐視麥健娜受到傷害。他最終決定卽使違反命令，也要追上麥健娜。

加里跑到街上，他高大健碩且俊俏的外形本來就很突出，加上他的手臂滲出藍色的血，自然成爲路上的焦點。有些人甚至認出他是烹飪網紅，連忙追著他，想拍下片段揭露他原來是機器人。加里察覺到，但已顧不得這麼多了，心中只想救回麥健娜，其他事將來再打算。

儘管加里較遲出發，但麥健娜奔跑的速度比不上加里，不一會二人的距離已逐漸收窄。加里高呼：「娜娜，別走！」

麥健娜回頭看到他，卻沒有停下來的意思。加里再大喊：「娜娜，沒事了，我們回家吧！」

然而加里愈努力追上去，麥健娜就愈努力逃跑，加速至跟加里相同的跑速。二人在路上追逐了好一段時間，跑了超過十個路口，彷彿都不會疲倦。

不過，這場追逐戰在冷不防間迎來尾聲。

在前方的麥健娜不時回頭望向加里，在最後一次望回前方之際，轉角處赫然步出一對老態龍鍾的夫婦。老夫婦看來行動不便，走得一拐一拐的，卻狀甚恩愛地手拉著手，沒料到危機竟突然出現在眼前。

麥健娜自知繼續直跑的話，肯定會把他們撞飛，加上對方年老體弱，肯定非死即傷。最近她一直受眞愛這話題困擾，面對著這對年事已高的夫婦，實在不忍心提前奪走他們的幸福，於是側身閃出馬路避開他們。可是，她沒留意一輛貨車就在馬路上的不遠處，貨車司機來不及煞車，把她撞個正著。她彈飛到遠處，還在地上滾了數個圈才停下來。

「娜娜——！」加里趕到之時，麥健娜已癱倒在地。她滿身傷痕，面容扭曲地掩著上腹。不過，她受到如此重擊卻沒有當場身亡，仍能睜開雙眼看著加里，加里已感到萬幸。

「娜娜，不用怕。」加里蹲在麥健娜的身旁安撫她：「我現在去叫救護車，很快就會沒事，妳要撐住呀！」

躺在地上的麥健娜卻說：「不，我已通知了『家庭醫生』趕來，你不用理我。」

加里狐疑地問：「妳是什麼時候通知家庭醫生的？」話畢，他又想到不合理之處，緊張地說：「不對，妳受了重傷，找家庭醫生沒用，要立刻去醫院啊！」

「眞的不用。倒是你的手臂受了傷，雖然好像已止了血，但那些藍色的血跡還在。你還是不要理我，快回家清理吧，我怕你會有麻煩。」

「不！娜娜的安危比任何事情都重要。我明白了，妳不想等救護車的話，我可以啟動緊急飛行裝置直接送妳去醫院。不要怕，我現在先抱起妳……」

「停手！」麥健娜大喝：「你聽我說，沒用的！」

加里停下動作，呆若木雞地看著麥健娜，這時他才察覺到事情有點不對勁。麥健娜俯臥在地上無法移動，手掩著上腹卻阻止不了鮮血流出，血液已多得形成血泊，代表她受了相當重的傷。但爲何麥健娜仍能正常對話，現在更能聲如洪鐘地喝止他？

加里繼續細心觀察，發現那血泊的顏色有點不尋常，呈淡紅色，明顯比正常人的鮮血顏色淺得多。而且，他嗅到血液中傳出酒精的味道。他在記憶體中查找和比對，發現這陣酒精的味道跟麥健娜剛才回家時身上的酒氣一樣。這就是說，麥健娜被車子撞擊後肋骨斷裂，繼而刺穿了上腹和胃袋嗎？所以大量的酒精伴隨著血液流出，令血液的顏色變淡。

不對！加里覺得還是有問題。如果是這樣的話，酒精應該會混和著胃液，那麼血液中應該還有一陣難聞的酸味，他卻絲毫嗅不到。

血液的顏色實在太淺了，加里粗略盤算一下，估計是少於一份血液混和著四份酒精。人類如果受到這麼嚴重的傷，應該會有大量血管和內臟破裂，不可能只有少量的血液混和著體內大量的酒精……

加里想著想著，臉色逐漸變得難看。第三代仿生人的表情無法弄虛作假，麥健娜一直盯著眼前人，從表情確認對方已經猜到眞相，無奈地說：「你終於發現了嗎？加里，對不起，我一直隱瞞著你……」

這時，一輛印有藍血人科技有限公司商標的「救護車」駛到現場。數名工作人員走下了車，當中包括俗稱「三博士」，也是該公司三名最高決策人員之一的「白鬍子」。

工作人員走到麥健娜附近，把她抬上擔架。過程中，他們把麥健娜的手拿開，以便查看傷勢。在旁的加里清楚看到麥健娜的上腹腔的確是破開了，但只是撞破了，並不是被肋骨刺穿——麥健娜根本沒有肋骨。

藍血人科技的「家庭醫生」把受了重傷的麥健娜順利運送上車，正要回到車上的白鬍子看到加里，對他說：「好久不見，你不如也一起過來吧？」

6

藍血人科技總部的手術室病床上，躺著上腹被撞破了一個大洞的仿生人麥健娜。

麥健娜跟加里雖然同爲仿生人，但當中有一個重大的差異：麥健娜是加里的下一代產品，尚未正式投入生產的第四代仿生人。

第三代仿生人沒有眞正的感情，第四代仿生人則擁有跟人類幾乎無異的思想、情感和行爲，會大意出錯，能理解生老病死，也懂得愛和恨。正因如此，當麥健娜愛上了加里後，她就產生了不安的情緒，害怕有一天失去加里。加里雖然保固一百二十年，卻不可能陪伴麥健娜終老，因爲第四代仿生人原則上是可以永生。

十二年前，三博士完成第四代仿生人的研究和製作，決定把它投入社會測試。他們安排試作機麥健娜應徵全像集團的職位，其學歷和背景當然是三博士僞造的。第四代仿生人擅長觀察人類面部的微表情，再與資料庫比對來洞悉人類的情緒和想法，並能借助雲端資料庫的力量輕鬆掌握幾乎全世界的語言，麥健娜因此順利通過面試加入集團。後來因其超凡的工作能力，她在事業上平步青雲，很快就成爲集團中舉足輕重的人物。

首六年的第一階段測試相當順利，麥健娜在集團內外與不同國籍、不同身分地位的人互動和接觸，都沒有人察覺到她並不是人類。不過，由於麥健娜的性格獨立且認眞，日常生活都只集中在工作上，鮮少涉及感情，更遑論愛情。六年前，三博士決定開始第二階段測試，偷偷在她的腦內注入一個想法，令她產生購買仿生人（而非聘用人類）當管家的念頭，成功將加里安插到她的身邊——把加里設定成男朋友模式當然是三博士故意的。

麥健娜起初和加里的互動有限，但她漸生情愫，並眞正愛上了對方。不過，三博士沒料到麥健娜對愛情竟如此執著，甚至產生了極端的行爲。

藍血人科技的員工正在檢查和救治麥健娜，白鬍子這時走到一旁，利用全像投影視訊電話聯絡三博士的另外兩人「胖子」和「禿頭」，說明因爲出了意外，第四代仿生人的測試看來要提早結束。

禿頭冷靜地說：「沒差，測試本來也差不多了。」

胖子卻與禿頭的冷靜相反，他的全像投影蹦蹦跳地說：「但這就是說，我們的女兒順利通過眞正完整圖靈測試了嗎？」

白鬍子回應：「對，麥健娜在人類圈子生活了十二年，不單沒有被人類識破，同爲仿生人的加里也未曾懷疑過，直到剛才看到她破開了的肚子才發現眞相。」

「幸好我當日建議試作機改用紅色血液，否則娜娜早就穿幫了。」胖子也以「娜娜」來稱呼這部試作機。

禿頭說：「我覺得她會隨機犯錯這點最巧妙。第三代仿生人在重複工序中太完美了，之前加里拍攝的烹飪影片之下已有人留言，質疑他切出來的食物爲什麼大小都一模一樣。第四代仿生人看來會成爲我們最成功的產品。」

「你們不要開心得太早，」白鬍子提醒另外兩人：「我發現第四代仿生人現在的設定有點危險，她竟然會說謊來哄騙加里自殺。她引用機器人第二定律來遊說加里必須服從人類的命令去自殺，但她自己根本不是人類。」

禿頭經白鬍子提醒後恍然大悟：「對，她對愛情的執著實在可怕。如果沒有發生今日的意外，恐怕她會繼續想方設法去尋求永恆的愛，而唯一的辦法，就是找到另一台第四代仿生人。」

胖子聽罷有點不安，焦急地問：「你的意思是，她會找我們麻煩？因爲只有我們能夠製作出另一台第四代仿生人啊！」

「極有可能。」白鬍子分析：「她對加里有愛，才在最後一刻放過對方。我們雖然是她的『生父』，但她跟我們沒有任何感情，必要時可能會對我們更麻木不仁。」

禿頭說：「這樣太危險了。看來當眞愛和永生扯上關係，中間就會出現人類無法理解和預料的矛盾，我們似乎終究不能讓仿生人懂得眞正的愛。爲安全起見，我們稍後修改人工智慧，撤回這項能力吧。」

白鬍子同意，胖子也一臉無奈地點頭。

負責救治麥健娜的其中一名員工這時走近白鬍子，欲向他報告情況。白鬍子乾脆請他透過視訊電話順道告訴另外二人。他報告：「麥健娜的傷有點麻煩。她在受傷前喝下大量的酒，腹腔破裂後酒精連同仿生人血四滲，造成不少電子部件短路，除了頭部沒有受損外，身體各處很多部分都需要更換、重新接駁和測試，估計最少需時半個月。」

白鬍子回應：「明白，你們按正常進度維修就好，反正第二階段的測試已經結束。待維修完成，我們再研究下一步的行動。辛苦你們了。」

那名員工返回工作崗位後，胖子卻道出他的憂慮：「娜娜現在已經是全像集團亞洲區總經理，她就這樣突然消失好嗎？」

因爲胖子的話，白鬍子靈光一閃：「全像集團的技術對我們可能有用，讓她繼續當總經理或許更好。」

「但她現在上不了班，怎辦？」禿頭問。

白鬍子胸有成竹地說：「隨便編個藉口，說她患上了傳染病，須留在家中隔離即可。她的頭部沒有受損，我們可以把仿生人腦和記憶體抽出，並利用全像集團的實時全像投影生成技術做出64K全像投影來代替她，這樣她就能繼續以視訊電話跟集團內的人聯絡。通過了圖靈影像測試的全像投影，配上通過了真正完整圖靈測試的仿生人腦，任誰都不可能察覺到那個全像投影並不是真人吧？」

「但如果有紙本文件需要她親自簽名呢？」禿頭又問。

「這點我也想到解決辦法了。不只簽名，其他需要物理操作的事都沒有難度，全在我們掌握之中。」白鬍子轉身望向後方說：「加里，你可以繼續替我們照顧娜娜嗎？」

加里狀甚興奮地跑過來，臉上展現著燦爛的笑容回應：「當然，無論娜娜變成怎樣，我都很樂意照顧娜娜。我永遠愛著娜娜！」

〈永恆的愛〉完

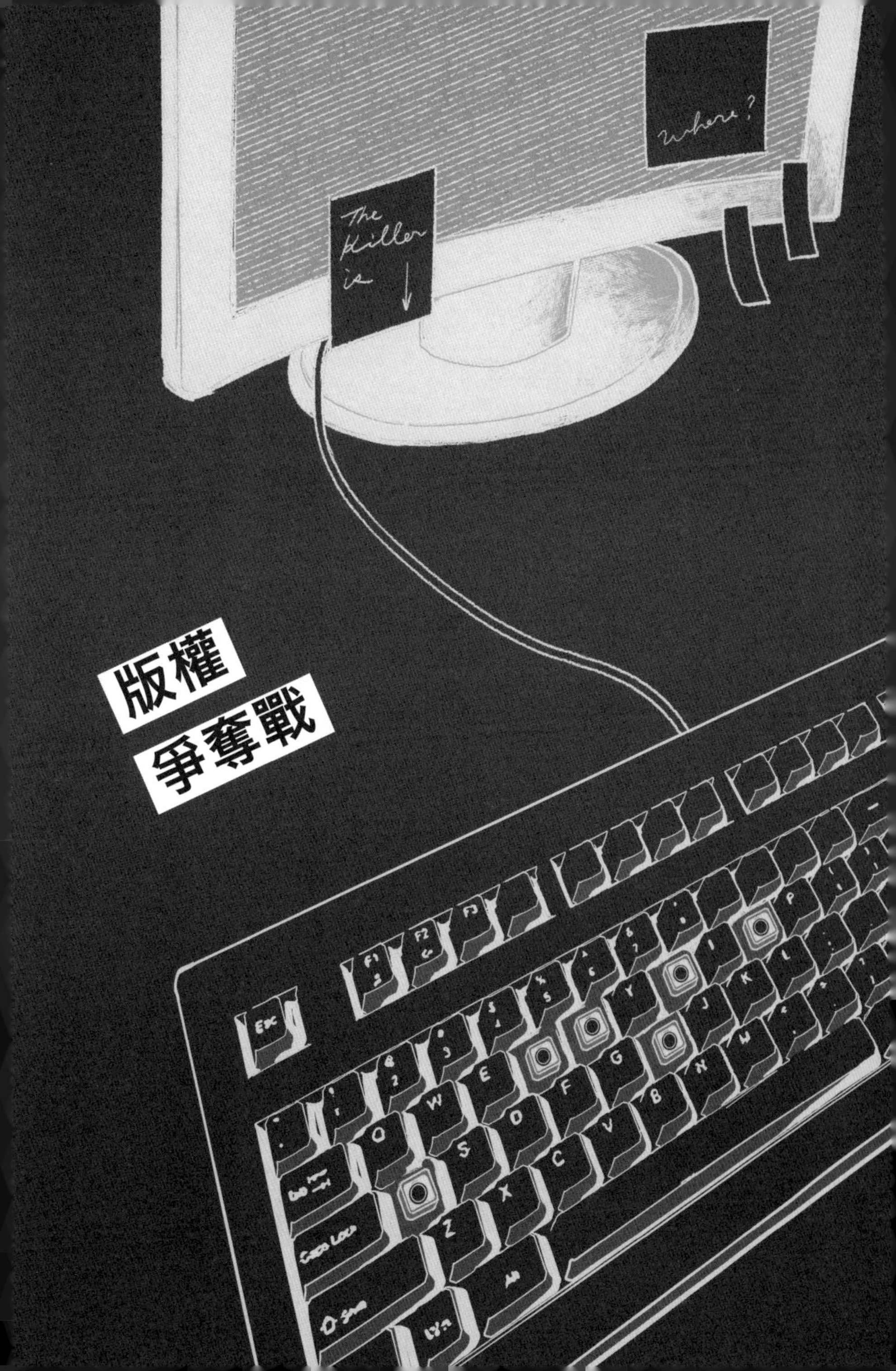
版權
爭奪戰
The killer is
where?

一

在月光國際飯店的宴會廳內，雲集了全球大小出版社的高層人員，當中包括總編輯、社長，甚至公司董事等。他們在百忙中抽空聚集於此，是爲了出席作家賈明生舉辦的記者招待會，爭取對方的青睞。

賈明生是全球知名的華文推理作家，他最著名的作品《十隻小黑貓》已被翻譯成五十多種語言，全球銷量突破一億冊。他的其他著作同樣受到熱捧，單是中文版就能輕易賣出逾萬冊，再加上各種改作授權，對出版業來說，他絕對是會生金蛋的雞。

不過，在過去數十年間，國內幾乎沒有出版社主動邀請賈明生合作，因爲衆所周知，他對出版社「昨日文化」忠心不二。三十年前，賞識並帶領賈明生出道的編輯，就是昨日文化的現任總編輯黃能伸。賈明生自覺黃能伸是他的伯樂兼大恩人，爲報答知遇之恩，即使他已貴爲全球知名的作家，仍無意割捨跟黃能伸的合作關係，所有作品的出版權和改作權利都統統專屬授權予該出版社。

不過，賈明生其實對昨日文化的經營方針早有微言。他覺得昨日文化作爲出版業界的龍頭，又有他的作品爲出版社賺大錢，卻甚少投資和栽培新作者，只會招攬其他暢銷作家合作，令國內的出版業出現富者愈富、貧者愈貧的現象。他曾跟黃能伸反映不滿，然而昨日文化是上市公司的子公司，說穿了，黃能伸也只是董事和投資者手下的一顆棋子，難以有大作爲。

直到上月，黃能伸因交通意外身亡，賈明生失去跟昨日文化繼續合作的最大理由，於是召開這場記者招待會，並廣發英雄帖，邀請有意合作的出版社派員出席，當場公布新書的安排並決定版權細節。邀請函內列明，每間出版社只能派一名代表出席，會場內亦不得拍攝和使用任何通訊工具。各社因此都派出總編輯或同等地位的人員，以便適時做出決策和提出具競爭力的合約條款，拉攏賈明生合作。

對於賈明生的安排，特別是不准拍攝的記者招待會這點，有些新進記者不免吐槽一番，但資深記者大都習慣了他的德行，沒有多言，且積極爭取到場，希望能搶先報導名作家新作品的去向。

距離記者招待會開始倒數最後一分鐘，場內眾人紛紛走到台前的座位安坐好，因爲賈明生做事向來嚴謹、準時、有效率，舉世皆知。果不其然，時間一到，場內傳出一下鐘聲，飯店職員便關上宴會廳大門，宴會廳前端準備室的門同時打開，數名身穿黑色西裝的保全人員先走出來，賈明生緊隨其後，後方又有多名保全人員，十多人浩浩蕩蕩地走向台上。等到賈明生坐好，保全人員才退到台下，鎮守四周。

賈明生雖已屆花甲之年，但仍精神飽滿，目光銳利。他身穿簡潔筆挺的白色襯衣、卡其色西裝褲和休閒皮鞋，頂著一頭清爽的短黑髮，走路時腳步平穩，從外表看來毫無老態，彷彿還能雄霸華文推理界最少十數載。

「感謝各位撥冗出席記者招待會。」賈明生正式開口，雄厚而自信的聲音透過擴音器響遍整個宴會廳：「相信大家都很清楚這場記者招待會的目的，所以客套話我就不多說，直接進入正題吧。」

賈明生短短的一句話，就把場內眾人的注意力聚焦起來。他開始道出重點：「我的下一部作品已經寫好，正在物色合適的出版社替我出版和經營作品的改編權。容許我囂張一點說，這部作品無論我交予哪一間出版社出版，都必定會賣個滿堂紅，所以出版社的規模和實力，並不是我最關心的事；我最重視的，是懂得欣賞我的作品。」

場內不少人點了點頭，但仍鴉雀無聲，屏息以待，等候賈明生道出甄選方法。

「在接下來的時間，這裡將會舉行一場『版權爭奪賽』，讓所有到場的出版社競逐，勝出的出版社將會獲得這部作品的完整授權。」

即使眾人知道賈明生討厭吵鬧，但這個方法實在過於出乎意料，台下身經百戰的高層人士不禁低聲起鬨並討論起來。

同一時間，台上以及宴會廳兩旁的大型電子螢幕亮起，賈明生掀開台上的筆記型電腦，三個螢幕隨即同步顯示著電腦的畫面。

螢幕上出現了當今最普及的文書處理軟體，裡面是一份共有數十頁的文件，現在正顯示第一頁，正中以較大的字體寫著《版權爭奪賽》，下面則以較小的字體寫著「賈明生著」。《版權爭奪賽》看來就是這部短篇小說的名字，也是眾人即將要在「版權爭奪賽」中爭奪的作品。

場內仍然傳出或大或小的討論聲，賈明生不悅地乾咳一聲，瞬即把眾人震懾，回復一片靜謐。他繼續說明：「接下來我將會慢慢展示這部小說的內容，最先猜到這部推理作品內『命案的凶手』和『行凶動機』的人，將會獲得作品完整授權。你們知道答案的話，請到會場入口大門旁找我的男助手。」

「不過，」賈明生不忘提醒眾人：「你們每人只有一次機會，猜錯的話，就會馬上被趕離會場。而且，如果我的男助手覺得答案不完整，你們同樣會喪失資格，所以你們要好好把握這唯一的機會。」

台下眾人反應不一，有人點頭，有人一臉茫然，有人一臉自信，但就是沒有人吭聲。賈明生見狀露出淺笑說：「規則就這麼簡單。如果沒有問題的話，版權爭奪賽正式開始。」

話畢，場內的燈光熄滅，賈明生在電腦上按了幾下，文書處理軟體就變成「全螢幕顯示」，並自動緩緩向下捲動，開始顯示《版權爭奪賽》的內容，也拉開了這場版權爭奪賽的帷幕。

1

H市「明天出版社」今晨遭祝融光顧，總編輯的房間突然起火，社內員工馬上疏散，並報警求助。

消防員在十分鐘後趕到。猶幸總編輯的房間位於明天出版社的一角，房間使用獨立的分離式冷氣機，房外走廊和相連的房間亦沒有易燃物品，火勢因而未有擴散，但該房間內的家具、書本、文件等統統毀於一旦。

而房間內的訪客亦成爲了這場火災的唯一犧牲者。

由於有人傷亡，起火原因亦有可疑，H市警方決定派員到明天出版社調查。中午時分，高級督察熊烈煜剛好看完今早收到的匿名文件，馬上帶著新入職的女警朱殷彤趕到現場。

電梯正把二人送往出版社所在的樓層，菜鳥警員在無所事事之際問：「火災現場我們也要親自來看嗎？反正所有東西都燒成灰了，稍後看鑑識報告不就夠了嗎？」

刑案調查經驗豐富的熊烈煜瞥了下屬一眼，想到對方加入警隊不久，只好耐心地指導：「無論是什麼案件，現場的第一手資料和實在感，都無法從冷冰冰的檔案中找到。」

朱殷彤一臉狐疑地皺了皺眉，但電梯已到達目的地，就沒有再追問。

明天出版社內此刻人聲鼎沸，人來人往，有正在搜集證據和錄取口供的警員，有忙於整理東西的出版社職員，但亦有呆坐一角、神情渙散的職員，突如其來的火災看來爲出版社帶來了諸多麻煩。

「您是熊督察嗎？」一道溫柔悅耳的女聲從旁邊傳來。

熊烈煜回頭一望，視線落在一位身穿粉紅色長裙的年輕女性身上。她體形嬌小，皮膚白皙，有點弱不禁風的感覺。她的臉上掛著微笑，舉止得體，讓人覺得和善可親、穩重可信，一點都不像剛剛遭逢巨變。可是，她的眼神略顯空洞，熊烈煜不禁懷疑，看起來剛畢業的她，年紀輕輕是否就已經失去了對生命的熱情。

這種不協調感，令熊烈煜怔了一怔。他思忖片刻，才回復自信的表情確認，「對，我是。」

「您的同事說您要調查總編輯的房間，請我帶您過去。」

「噢，」熊烈煜又是一怔，「長假期前人手有點緊絀，要勞煩你們幫忙實在不好意思。」

「不要緊，能夠幫到您就好，我們也希望事情能夠盡快解決。」該名女子仍保持著微笑，神情輕鬆得有點令人難以置信。

熊烈煜等一行三人沿著出版社大門旁的通道一直前行，到達在辦公室盡頭的總編輯房間。

房間的木門此時已被燒毀，內部一目了然。朱殷彤正想進入房間，卻被熊烈煜一把抓住。「鑑識人員還未拍照和蒐證，妳這樣貿然闖入，恐怕會干擾火災現場的證據。」

朱殷彤聽罷退到一旁，靜待熊烈煜的指示，只見他站在房外遠距離觀察。他趁機教導下屬：「鑑識工作未完成，我們在這裡看就好。」

二人站在門外，觀察總編輯房間內的情況。房間的兩邊是木製書架，上面看來本應放滿了書。右邊書架的盡頭有幾個鋼製文件櫃，鎖匙還插在櫃上，但所有抽屜現在都被打開了。房間的中央則是小茶几和幾張單人沙發。不過，上述各種東西現在都被燒至變形、倒塌，甚至已變成灰燼，他們只能憑殘骸推測其原有面貌。

在房間的最深處，原本是一大片落地窗，現在碎裂一地，變得空空如也，看來是鋼化玻璃因火場高溫局部膨脹並爆裂開來。原本應掛著的窗簾亦已被燒得一乾二淨。熊烈煜瞥向窗簾軌道，留意到窗簾被打開了。然而窗外是一望無際的海港，附近沒有其他高樓大廈，即使事發時沒有窗簾遮擋，也應該沒有人目擊到這裡發生了什麼事。

在落地窗前方是總編輯的鋼製辦公桌，桌子前後皆有一張椅子。兩張椅子固然被燒得炭黑，但辦公桌後、較接近落地窗的那張椅子微微轉向了一邊，上面還坐著一人。他對著落地窗，整個人瑟縮在椅子上，就像想抱膝小睡片刻的樣子。不過，他的雙腿屈向身體、彷彿是蹲坐在椅子上的樣子，這動作有可能並非出於自願，而是經過烈火無情的洗禮後，身體脫水、肌肉收縮造成。

朱殷彤入職後首次看到屍體，還聞到屍體燒焦了的難聞氣味，不期然雙手掩口，向後彈開了一步。至於那名女子則一直站在房門旁，面向通道，不曾望向總編輯房間一眼。

熊烈煜問女子：「妳不想看嗎？」他既出於好奇，也把問題視作探取案情的一部分。

「我大概知道裡面有什麼，還是不要看比較好。」她說，臉上的笑容卻因嚴肅的話題而褪去。

「妳知道房內有什麼？」熊烈煜反問。

「曾老師在內。」女子嘆了一口氣，神情顯得有點悲傷地說：「是我帶他進去的，他在火警發生前沒有出來，所以……」

「妳口中的曾老師，是指這場火警唯一的犧牲者作家曾星月吧？」

「沒錯。」

這女子顯然跟案件有關，熊烈煜於是追問：「妳叫什麼名字？是出版社的職員嗎？」

話題離開那具屍體，女子綳緊的臉終於稍微放鬆。「我叫藍懷才，是這裡的行政主任，負責處理出版社的行政和日常事務。」

朱殷彤聽到答案後不自覺地吐出一聲「咦」，熊烈煜當然也感到驚訝，只是沒有表露出來，因爲於兩星期前病逝的明天出版社總編輯藍有志，正好跟面前的女子同姓。二人同姓本來不是稀奇的事，但藍姓不算常見，在同一出版社內出現兩名藍姓職員，也許不只是巧合。

熊烈煜直截了當地問：「妳認識藍有志嗎？」

藍懷才也毫不忌諱地回應：「我是他的女兒。」

「原來如此，」熊烈煜現在確定眼前的女子不只跟案件有關，而且更是這起案件的重要人物，露出意味深長的微笑，「看來我有必要跟妳詳談一下呢。妳現在方便嗎？」

「沒問題，反正這裡暫時不能工作了。」藍懷才直視著熊烈煜的雙眼，打量了好一會後，突然道：「說起來，我有個東西想要拿給您。」

藍懷才說罷未有待對方回應，逕自走到走廊另一端的房間，把從那裡拿出來的公文袋遞給熊烈煜，「這是家父給您的。」

熊烈煜聽得一頭霧水，「藍有志先生認識我嗎？」

「不，不過家父生前交託這東西給我，說如果某一天出版社發生了什麼大事，就請我把它交給值得信任的人。」

熊烈煜狐疑地問：「妳覺得我值得信任？我們才認識不到十分鐘。」

「您的眼神告訴我，您會認眞調查這起案件。」藍懷才再次展現出自信而穩重的笑容說。

熊烈煜對眼前的女子感到愈來愈可疑，卻沒有拒絕接收眼前物的理由。「好吧，畢竟這東西可能成爲證物。不過，這到底是什麼？」

「我不知道。家父吩咐過我不要打開，也沒有交代過這份東西從何而來。」

熊烈煜憑著多年來探案的直覺，認定這是謊言，但他沒有證據，也沒必要當場拆穿，改爲問：「我們可以馬上打開來看嗎？」

「那已經是警方的東西了，隨你喜歡。」

熊烈煜把東西遞給朱殷彤，朱殷彤戰戰兢兢地代爲把公文袋打開，發現內藏幾張原稿紙。朱殷彤小心翼翼地拿出，熊烈煜就靠近她，與她一同慢慢翻閱起來……

二

《版權爭奪賽》的內容開始播放了約十分鐘，賈明生冷不防按下暫停鍵，昏暗的宴會廳亦在同一時間再次變得燈火通明。

賈明生對場內眾人宣布：「第一部分內容播放完畢，休息十分鐘。」

由於剛才文件檔案捲動的速度很慢，加上燈光昏暗，即使關乎重大利益，小部分人仍是抵受不住睡魔的誘惑而掉進夢鄉。他們現在終於清醒過來，露出一副後悔莫及的樣子。

餘下的大部分人則認眞地讀過故事，開始努力思考。雖然故事只是剛開始，但有些情節顯然是線索和伏筆所在，他們嘗試反覆回憶著那些內容，看看能否比其他人早一步洞悉事情的來龍去脈。

也有些人在場內找到認識的同行，決定組成聯盟，希望集多人之力奪得著作權；更有甚者馬上立下契約，協議多人一同合作，取得著作權後共同分配利益。

不過，無論是單打獨鬥還是集結力量團戰，場內逐漸形成的大小勢力都只是爲了眼前利益，爭奪賈明生最新作品的著作權。而這一切，當然都看在賈明生的眼內——所謂的休息，其實只是給予時間讓事情發酵。賈明生亦未有離開會場，一直坐在台上，觀看著這群出版業界高層人士的一舉一動。

賈明生的另一名女助手此刻從準備室步出，把手上的熱茶端到台上。她放下茶杯後，在賈明生身旁耳語：「事情的發展，似乎跟老師您估計的一樣呢。」

賈明生重重地嘆了一口氣，卻沒有正面回應。

十分鐘休息時間轉眼過去，眾人返回座位，但占據的位置已跟之前不同——組成聯盟的人占據著宴會廳的邊角，避免其他人偷聽到他們的討論；單打獨鬥的人則在中間分散而坐。

賈明生從台上看下來，有種東漢末年群雄割據的感覺。他不自覺地陷入沉思，猶豫著應否繼續實行計畫，直到女助手輕輕提示，他才回過神來，輕按電腦，開始播放《版權爭奪賽》的第二部分……

2

熊烈煜和朱殷彤二人仔細閱讀著原稿紙上的內容，翻到最後一頁時，文句卻戛然而止。

朱殷彤吃了一驚，只見原稿紙上的內容只有短短數百字，沒頭沒尾，她看得如墜五里霧中，不能理解藍有志爲何要把它交託女兒轉交予可信之人。與朱殷彤相反，熊烈煜倒是開始對事情有點眉目，儘管還不是完整的畫面。

熊烈煜和朱殷彤二人接下來如早前所計畫，跟藍懷才錄取口供。過程中，他們得知總編輯房間內的防火灑水器，在兩個月前的定期檢查時已發現壞了。按照消防規定，出版社本應找人維修，但不久藍有志死了，明天出版社的母公司計畫下年才公開招聘新總編輯，換句話說房間會空著一段時間，維修一事也就暫時擱置，沒料到竟間接釀成這起慘劇。

另外，藍懷才告知二人，總編輯房間內沒有監視器，但房間外的走廊裝有一台，能清楚拍攝到房間大門。他們事後調閱了片段，確認藍懷才所言屬實，在起火前一小時，即早上八點半，她親自帶曾星月進入總編輯房間，然後直至火警發生，期間再沒有其他人進出過房間。

至於為何曾星月會出現在明天出版社內，那就要回到兩天前。曾星月跟明天出版社合作了數十年，跟藍有志除了公事往來外，還私交甚篤，也看著藍懷才長大。藍有志死後，曾星月決定封筆，並希望在封筆前來總編輯辦公室緬懷過去，於是在兩天前聯絡了藍懷才，約定今早來辦公室。曾星月於早上八點半到達，由於時間尚早，當時只有藍懷才在辦公室，過程中曾星月沒有碰到其他人。到達總編輯房間後，曾星月吩咐藍懷才讓他靜待在房間內，到十點正才回來接他走，可是火警就在九點半發生。

錄取供詞時，熊烈煜就此事追問藍懷才：「妳把他獨留在總編輯的房間，沒想過會出事嗎？」

「我真的沒想過事情會變成這樣。他跟家父認識和合作了數十載，經常進出那房間，家父也曾讓他獨留在內，這些年來都相安無事。這次確實是我疏忽了……」

「發生火警後，妳或妳的同事有嘗試去救曾星月嗎？」

「我跟其他同事今早九點有週會，大家當時都在會議室內。會議室跟總編輯的房間不巧在辦公室的一頭一尾，所以我們得悉發生火災時，房間早已被烈火吞噬，我們根本無法靠近。」藍懷才低下頭道，她似乎覺得是自己間接害死了曾星月。

熊烈煜見氣氛不對，轉換到另一個話題：「妳知道房內那幾個鋼製文件櫃內藏有什麼嗎？」

「是出版社跟作家簽下的合約。不過，那幾個文件櫃的鎖匙在家父去世後就發現不見了。我們不想強行破開弄壞鋼櫃，打算找鎖匠幫忙，但早前我忙於處理家父的身後事，而且長假期前比較忙，解鎖一事就不了了之，暫時還未能打開。慘了，現在發生火警，不知道那些合約怎樣，全都是正本，而且沒有複本呢……」

熊烈煜定睛打量了藍懷才一會，總覺得她的回覆有點可疑，於是決定不告訴她房內發生火警後的情況，繼續問：「落地玻璃窗前的窗簾平時都會打開嗎？」

「絕對不會。」藍懷才斬釘截鐵地回應：「家父是愛書之人，因爲陽光會令書本發黃和褪色，所以他幾乎不會打開窗簾。雖然他很喜歡看窗外的風景，但他會整個人鑽進窗與窗簾之間。除了清潔工清潔那玻璃窗之外，窗簾幾乎不會打開。」

熊烈煜二人跟藍懷才結束會談時，他的同事亦已爲出版社其他職員、大廈保全人員等錄了供詞。事後他們詳細查閱，發現其他供詞都無關痛癢，跟事件完全扯不上關係。現階段的證據有限，看來在收到法醫報告前，他們都難以推測到什麼。

三日後，熊烈煜仍苦無頭緒之際，法醫的鑑識報告終於送到。這起案件對法醫來說相對簡單，因爲現場大部分證據都被燒毀了，要鑑識的東西不多，報告算是比平常快完成。熊烈煜閱讀過內容後，馬上把朱殷彤召來一同研究。

「熊督察，我眞的能夠幫上什麼忙嗎？」朱殷彤狐疑地問。

「有時候門外漢或許會有特別的觀點，妳就當作學習吧。」熊烈煜雖然這樣說，但這並非是他眞正的目的。程式設計師有「小黃鴨除錯法」，熊烈煜有「小警員除錯法」，他習慣了每次偵查案件時都會找個資歷較淺的警員來聆聽案情和他的分析，以確認自己的想法無誤。不過，他覺得這個新人有點潛力，確實想藉這個機會給她學習一下。

熊烈煜開始說著報告內容：「法醫現場調查及鑑識報告雖然簡短，但有三項非常重要的資訊。第一是曾星月的死因。儘管我們當日到場時，看到曾星月的屍體燒得焦黑，但據報告所述，法醫在曾星月的口、鼻、氣管和肺發現大量煙灰，血液中亦有高濃度的碳氧血紅蛋白，證實他是因吸入過量濃煙致死。」

「那就是說，曾星月是先吸入過量濃煙，在那張椅子上窒息死亡，然後再被烈火吞噬？」朱殷彤確認。

「對。實際上，大部分於火警喪生的人，都是窒息致死，很少是眞的被燒死。」熊烈煜接著說下一個重點：「第二是起火原因。消防人員詳細調查過現場，沒有發現一般家居或辦公室常見的起火源頭，如電線短路等，也沒有在地板和家具夾縫檢測到殘餘燃料或助燃物。換句話說，總編輯房間的火警，起初應該是某些東西著火，然後因爲房間內有大量的紙張，由相連的書本、文件和窗簾一直傳開去，一發不可收拾。由於出版社地面鋪上的不是地毯而是防火膠板，所以火勢燒到房門後就沒有向外擴散。」

「那就不是『自然』起火了，所以這是意外起火或縱火案？」

「極有可能，但火種到底從何而來，報告內沒有答案。順帶一提，報告內提到，從房間內的煙灰分布來看，案發後沒有人進出過火災現場，卽是說現場的證據沒有被干擾過。如果當日妳闖進了案發現場，這一點就無法確認了。」

朱殷彤抓抓頭，爲當日差點壞了大事而感到不好意思。與此同時，她似乎開始對調查產生興趣，這時突然發揮門外漢的想像力，忽發奇想：「會不會是這樣？房間內的落地玻璃並不是在起火後才爆裂，而是在起火前。有人操作某種東西到達總編輯房間外，例如小型遙控飛機，弄破玻璃，然後令房間起火，從而殺死房內的曾星月。」

「那是鋼化玻璃啊！」熊烈煜緊皺眉頭地反駁：「小型遙控飛機要怎樣才能破壞鋼化玻璃？」

「可能……是射出一支箭或者一發子彈吧？」

「但現場鑑識報告沒有說有子彈遺留下來，即使是箭，箭桿燒毀了，金屬箭頭也會剩下來。」

「我知道！」朱殷彤對她的想像仍不死心：「遙控飛機射出來的是冰箭，所以在火警後就溶化了，沒有留下任何痕跡。」

「先不要說冰箭能否射穿鋼化玻璃，冰箭又如何令房間起火呢？妳不如說是火箭？」熊烈煜有點不耐煩地嘲諷她。

「那可能是遙控飛機裝有炸藥，炸毀玻璃後再自爆……」

「夠了，妳完全想錯了方向。」熊烈煜終於按捺不住，阻止對方繼續胡說下去。他啐了一口，深呼吸了數下後回復平靜，耐心地解釋：「一般縱火案很少是爲了殺人，因爲火不易控制。要殺人的話，直接行凶就簡單得多。妳剛才說的什麼子彈、箭、炸藥，如果凶手眞的擁有這些技術的話，隨便在街上就能輕易殺掉曾星月，犯不著留待他到達總編輯房間才動手。」

「唔……」朱殷彤覺得上司所言甚是，但仍不忘提出疑點：「你的意思是凶手爲了其他目的才令總編輯房間失火，而曾星月的死只是不幸？但曾星月和藍懷才進入房間時，曾星月兩手空空，藍懷才只端著一杯熱茶，房間外的監控攝影機又顯示期間沒有其他人進出過現場，案發現場也找不到房間的地板、天花或牆壁有被破壞的痕跡。那麼凶手除了在窗外行動外，怎麼可能讓房間起火呢？不過……」朱殷彤突然欲言又止，似乎是擔心自己又提出過於瘋狂的想法。

「不過什麼？但說無妨。」

在熊烈煜的鼓勵下，朱殷彤說出自己的想法：「我總覺得那個藍懷才有點古怪，但我又說不出確實原因，可能是出於女性的直覺吧。」

「原來妳也這樣覺得嗎？憑我多年的探案經驗，我相當肯定她隱藏著什麼祕密，但我也找不到確實證據。」熊烈煜無奈地吐出一口悶氣，道出另一個疑點：「其實我還有另一點想不通：房內沒有汽油之類的助燃物，初期火勢一定不會擴散得太快，曾星月照道理應該有時間滅火或逃離房間，但他不但沒有逃走，還坐在椅子上……」

朱殷彤聽罷陷入了沉思，不過這是她首次協助偵查案件，根本毫無頭緒。她轉移話題問：「話說熊督察你剛才不是說法醫報告內有三個重點嗎？你好像還未說第三個是什麼。」

「噢，對，儘管我不知道有沒有用。」熊烈煜回應，同時從身旁拿出一個證物袋。

「這是什麼？」朱殷彤問。

「其實我也不知道，因爲我還未打開來看。」熊烈煜翻開法醫報告，再次確認後說：「這是在曾星月的遺體上發現的。他當時蹲在椅子上，環抱著一個防火袋，防火袋內放著的東西就在這個證物袋內。」

熊烈煜稍頓一下後補充：「我們當日看到死者蹲坐在椅子上，以爲是因爲屍體脫水所致，但現在看來，他應該是故意這樣坐來保護這東西。」

「死者不惜用自己的身軀保護，這東西一定非常重要，可能是『死亡訊息』，上面寫著眞凶是誰！」朱殷彤突然狀甚興奮地說。

「妳看太多推理小說了，又冰箭又死亡訊息。人都快要死了，怎麼可能還會留下……」熊烈煜一邊嘲諷，一邊打開證物袋，然而內藏的東西不禁令他怔住了，無法把話說完。

「你看，果然有很多文字！不過……又是原稿紙？」朱殷彤回想起在出版社時讀到那莫名其妙的東西，不禁緊皺眉頭。

熊烈煜繼續把東西拿出，仔細翻閱，發現這疊原稿紙跟藍懷才交託的相似。雖然坊間有售的所謂防火袋一般都不太防火，但曾星月使用的較高級，含多個隔熱層。這疊紙在曾星月拚命保護下，竟大致完好，只有部分頁邊和頁角被熏黑了，上面的文字依然清楚可讀，火神彷彿被曾星月感動，不忍心摧毀這疊原稿紙。

熊烈煜似乎受到朱殷彤感染，激動著呼叫起來：「來！一起看看是否眞的是死亡訊息！」

朱殷彤對上司的情緒轉變感到有點好笑，又有點無所適從。她無奈地坐近熊烈煜，二人一同閱讀著這段被曾星月拚命保護的文字……

三

《版權爭奪賽》第二部分播放完結，宴會廳的燈光再次亮起。場內的氣氛頃刻變得凝重，畢竟相較上一部分，這部分的內容和線索多出數倍，似乎隨時都可能會有人回答。然而場內各出版業界的領導人物好像都抱著「敵不動，我不動」的姿態，留在座位左顧右盼，未有搶答的打算。

賈明生見狀提醒現場眾人：「小說播放已告一段落，接下來的三十分鐘是解答時間。你們有答案的話，就到宴會廳入口找我的男助手排隊作答。記著，你們每人只有一次作答機會，但比賽採取先到先得的方式，第一個答中的人將會得到這部作品的完整著作權授權。」

台下躁動起來，尤其是組成了聯盟的外圍，討論聲音不絕，但始終沒有人離座作答，他們距離猜到答案看來還有一定的距離。

其中一人忍不住質問台上：「故事應該還未完結吧？」

賈明生瞪了那人一眼，一臉蔑視地勉強回應：「《版權爭奪賽》的故事的確未完，但接下來是解答部分，不會播放。」

賈明生的回應引發更多的問題，他們逐一向台上呼喊，然而賈明生還未來得及回應，下一道問題已至。賈明生看著這群人貪婪而無禮的嘴臉，無名火起，「我不會再回答這種膚淺的問題。現在距離限時只剩二十五分鐘，時間一到，你們全部都會出局。」

台下的氣氛並沒有因此冷卻下來，反而變得更加高漲。有些不忿被冷待的高層人士，開始聯合起來批評——

「這個作家怎麼會這麼小氣？」

「對啊！我們好歹在出版界有頭有臉，他怎可以如此無禮？」

「他以前不是這樣的，書暢銷了，人就囂張了。」

「這樣的人配當作家嗎？」

「我們爲什麼要受他的氣？我們走吧。」

另一邊廂，有些仍想在版權爭奪賽中旗開得勝的聯盟，正在討論著答案——

「這個短篇故事的角色很少，扣除『偵探』後就已經所餘無幾，凶手只能是那個人吧？」

「但她是怎樣行凶的?我完全看不出來。」

「對，那個人看起來很善良，而且死者看著她長大，我不認爲是她。」

「果然是從窗外行凶嗎?」

「還有其他人可能是凶手嗎?可能是那些沒名字的角色?」

「這樣就不夠『本格』了。難道凶手是『偵探』?」

也有一些單打獨鬥的人，躲在一角，在吵鬧不堪的會場中奮鬥。他們有的認眞做筆記，有的低頭思考，希望能早日想出答案。

一時間，場內再次分成不同陣營：有完全沒有頭緒的笨蛋，在台下胡亂謾罵著，說要杯葛這個活動，卻沒有人眞的離開會場；有自以爲較聰明的，聯合起來作戰之餘，又嘗試打聽甚至偷聽其他組別的討論；也有獨自奮戰的，絞盡腦汁，希望奪得暢銷作家的新作著作權。

終於，在限時最後十分鐘之際，第一個作答的人出現了。他昂首闊步走向入口，在男助手的耳邊輕聲道出他的答案。煩囂喧鬧的宴會廳在一剎那間變得鴉雀無聲，全場的注意力瞬即集中在他的身上，衆人心跳加速，目不轉睛地盯著那個人。

然而場內的寧靜只維持了片刻，不久，男助手一臉平淡地道出結果：「凶手正確，但動機不完整，出局。」話畢，助手身邊的保全人員伸手示意，那個答錯的人只好悻悻然離開會場。

剩餘在場內的人，這時不但沒有為那個人的勇敢嘗試而鼓掌，反而發出一陣歡呼聲和訕笑聲，他們只為少了一名競爭對手而感到高興，場內又回復一片吵雜。

那些在謾罵的人繼續胡鬧，但其他有意競爭的出版同業，精神變得繃緊不安，因為剛才那個人的動機雖然不完整，凶手卻猜對了，代表相當接近正確答案。他們於是盤算著到底應該何時出手。

其中一個早前靠訂立合約來組成的聯盟，他們決定派出一部分參加者作先鋒，嘗試回答不同的凶手和動機，這樣他們就可以藉著男助手的回覆，剔除錯誤的答案，縮窄解答範圍。

其中一個聯盟展開行動後，其他聯盟也不敢怠慢，開始相似的行動。一時間，十數人走到男助手面前，排列成隊伍，等候逐一回答。

「凶手不正確，出局。」

「凶手正確，但動機不正確，出局。」

「凶手不正確，出局。」

「凶手正確，但動機不完整，出局。」

……

賈明生的男助手逐一聽取答案，再逐一回覆，可是仍無人完全答對。

近十人先後敗陣下來後，各聯盟已知道凶手是誰，動機的方向也大致猜到了，可是他們對完整的動機仍茫無頭緒，也不知道怎樣才算完整。

然而時間不等人，只剩最後五分鐘，剩餘的人決定不再坐以待斃，一窩蜂擠上前作答。那些本來正在謾罵的人，也無視自己的主張，走進隊列湊熱鬧，期望能幸運地矇上答案。

在場列隊的人數在頃刻間增至近百。由於每人回答須花費約二、三十秒，幾分鐘過後，隊伍幾乎沒有縮短，時間卻愈來愈少，排在後頭的人不耐煩起來，催促回答者和男助手。但難得占到最前頭的人又怎會讓機會輕易溜走？他們爲免被判定爲動機不完整，答案變得愈來愈長，回答時間不減反增。

有一位排在後面的人無法按捺下去，上前辱罵在隊頭回答了很久的人。有人以爲他要插隊，也走過去驅逐和理論。無視隊列擁擠上前的人愈來愈多，不一會原本的隊列蕩然無存，近百人亂作一團，包圍在男助手的身邊，左喊一句右叫一聲，他根本無法繼續聽取答案。

在這混亂至極的場面中，有人破口大罵，更有出手動武。這場版權爭奪賽變成一場有血有肉的戰鬥，賈明生卻一直平靜地坐在台上作壁上觀。直至數分鐘後，他才以宏亮的聲音來終止這場鬧劇：「限時結束。」

衆人這時才稍稍冷靜下來，一臉錯愕地回頭望向台上。

台上的女助手接過麥克風，代替賈明生宣布：「由於沒有人在限時內給出正確而完整的答案，這部《版權爭奪賽》的著作權無人獲得，賈老師將會當場銷毀作品。」

緊接下來，賈明生純熟地操作電腦，把《版權爭奪賽》的內容「全選」，並順序按下「刪除」和「儲存」。他當場刪掉整部作品，那個原本載有全文的文件檔在轉眼間已變成一片空白。

這意想不到的行動，令剛剛場內稍稍降溫的情緒再次沸騰起來。有人爲一衆高層人士白忙一場歇斯底里地傻笑，有人爲世上失去了一部價值連城的作品倒地痛哭，也有人嘗試衝擊台下的保全人員，希望能突破重圍，走到台上把電腦內的檔案復原。

賈明生沒理會衆人，淡淡然站起來，準備離開這個外表堂皇富麗、內裡充斥一群利慾薰心出版人的宴會廳。

男助手這時在保全人員的保護下回來，女助手亦走上前陪伴賈明生。他一邊離開，一邊對二人說：「你們看，這群人正好代表著我們現今的出版界，是何其醜陋。『金玉其外，敗絮其中』正好形容他們。我的作品，他們不配擁有！」

賈明生步入宴會廳前端的準備室。從此，他消聲匿跡，再沒有人看到這位一代名作家賈明生的身影。

（全文完）

《版權爭奪戰》曾星月著

3

「這根本不是死亡訊息，是死者自己的短篇小說嘛！」朱殷彤讀畢全文，不忿地說。

「只是妳一廂情願以爲是曾星月的死亡訊息而已。」熊烈煜嘲諷。

「但他跟藍有志到底在搞什麼鬼呀？藍有志交託女兒，把小標題寫著『二』的小說第二部分交給可信任的人，然後曾星月又拚死保護這份寫著『三』的第三部分，但『一』在哪呢？」

「噢，」熊烈煜這時才想起他和朱殷彤之間存在資訊不對等，「對了，妳沒看過第一部分，但我看過了。」

他接著從抽屜中拿出另一疊原稿紙，「這是我們警局早幾天，也就是火警當日早上收到的匿名信件。我出發到明天出版社前，剛好看完這個第一部分。不，說起來不是『剛好』，應該是寄件者挑好時間，故意寄來我們警局……」

朱殷彤接過原稿紙細心閱讀。由於第一部分較短，她不一會就讀完，對上司說：「難怪你從藍懷才手上收到第二部分時，好像很順理成章地理解小說內容，我卻看得一頭霧水。但話說回來，這部《版權爭奪戰》在這個時候分拆成多個部分，以不同方式呈現在我們眼前，目的到底是什麼？」

「妳還不明白嗎？」熊烈煜看完第三部分後，靈機一動，已想通了整個案件的來龍去脈：「明天出版社突然起火和曾星月命喪於總編輯房間兩件事的原因，以及凶手的身分這兩點，儘管早已昭然若揭，我卻一直對動機茫無頭緒。這部小說卻正好解釋了整件事的個中底蘊。」

朱殷彤一臉疑惑地望向上司，熊烈煜決定先不直接告訴她答案，讓她思考一下：「妳覺得這起命案，到底誰是凶手，目的又是什麼？」

朱殷彤猶豫了半晌，才鼓起勇氣說出自己的想法：「案發當日，曾星月到達明天出版社至起火期間，只接觸過藍懷才，但藍懷才除了帶曾星月進入總編輯房間的一刻，以及她留下的那杯熱茶外，就沒有動手腳的機會。既然法醫報告說現場的證物沒有被干擾，又沒有發現可疑物品，即是說藍懷才沒有方法可以遙控起火。那麼點火的人就只能是曾星月自己。曾星月很可能攜有火柴，火警後就不留痕跡地被完全燒成灰了。」

「如果是曾星月點火，那他爲何會死於現場？」熊烈煜追問。

「我記得你之前分析過，現場沒有發現助燃物，初期火勢照道理不會太大，曾星月應可逃離現場，但他沒有這樣做，代表曾星月是自殺。我曾經考慮，藍懷才說不定在那杯茶下了迷藥，又或者在首次進房時，就把曾星月綑綁在椅子上，讓他無法逃走。然而藍懷才由始至終沒有點火的機會，而且曾星月說不定比藍懷才還要健壯。現場沒有發現能夠製作定時點火裝置的殘餘物，死者體內也沒有驗出迷藥，所以只能推斷曾星月縱火自殺這個結論。」

「那曾星月縱火的動機呢？」

「這個……你剛才說那部小說是關鍵，我想……」朱殷彤用力地抓頭，良久仍想不出完整答案，只好想到什麼就說什麼：「小說中的總編輯黃能伸死了，賈明生在版權爭奪賽中無法找到新知音而消聲匿跡。跟其相對應，現實中的曾星月因爲總編輯藍有志死了，同樣再找不到知音，於是曾星月來到藍有志生前工作的房間，然後有感而發，『殉情』而死？」

「噗！」熊烈煜聽到對方太跳脫的解釋後忍俊不禁，「凶手正確，但動機不正確，出局。」

朱殷彤不忿地斜視熊烈煜。熊烈煜其實對朱殷彤甚是欣賞，她第一次協助調查就能推斷到這一步，打圓場道：「凶手那部分基本上正確，動機也不算是全錯，因爲有一點妳猜中了，就是我同意那小說完完全全是曾星月對現實的反映，所以故事中有不少元素跟現實互相對應。例如故事中的賈明生對應現實中的曾星月——『明生』是把『星月』這兩個字中的日、月、生重組而成，而『賈』與『假』同音，代表賈明生是假的曾星月。故事中的黃能伸則對應現實中的藍有志，『黃』和『藍』同爲顏色，『能伸』按照上述脈絡應該是反語，實爲『難伸』，與『有志』組合起來，暗示藍有志即使貴爲總編輯，在現實中仍『有志難伸』。」

熊烈煜看到朱殷彤點頭，就繼續解釋：「曾星月同時希望藉著《版權爭奪戰》諷刺現實，所以故事中還有一些對應元素反映他對現實的不滿。例如故事中的昨日文化就是現實中的明天出版社，暗示明天出版社已經沒有『明天』，只是停滯不前、留戀過去的『昨日』。藍有志和黃能伸的姓氏由藍變成黃，也有褪色或者明日黃花之意。當然，到故事結尾，他開宗明義道出他的不滿，認爲現今出版業界不堪，金玉其外，敗絮其中，不配擁有他的作品。故事中的賈明生銷聲匿跡，的確可能暗示現實中的曾星月萬念俱灰，但『殉情』這點我在作品中就看不到相關的端倪了……」

「唔……」朱殷彤低頭想了想，整理一下思緒後說：「這部分我大致明白，但我還是想不通他爲何要選擇在明天出版社的總編輯房間內自殺。他既然準備好小說來訴說不滿，爲什麼偏要選那個地方呢？是巧合嗎？」

「當然不是。」熊烈煜肯定地回應：「他把小說分成三個部分，最後一部分還由自己保護，這一切顯然都在他的計畫之中。他只不過是把要做的事完成後，覺得生無可戀，又或者不想承擔後續的責任，於是畏罪自殺。」

「畏罪自殺？他犯了什麼罪？」

「當然是蓄意縱火啦！我就說過，縱火很少是爲了殺人，這包含自殺在內，因爲太痛苦了。曾星月縱火的眞正目的，是要把明天出版社的合約統統燒光。他不希望自己死後，在作品著作權掉進公有領域前，明天出版社還可以不斷出版他的作品來賺錢。他於是藉故來到總編輯的房間，把那個鋼製文件櫃內的合約統統燒光，這不單解除了自己的束縛，也替被出版社綑綁著的其他作者鬆一口氣。完成這一切後，他心灰意冷，就順道自殺。當然，這個『順道』也不簡單，因爲華文書的封面採用款式各異的紙張製作，有些還會封上膠膜，不一定易燃，必須先燒起其他東西，直至有足夠的火勢和溫度，才容易擴散開。曾星月應該是利用合約的紙張來作起火點，將大量紙張鋪設和散佈在書架旁邊，然後點火。」

朱殷彤想到還有未解開的疑團，又問：「那塊窗簾呢？藍懷才說過那窗簾事前應該是關著的，爲什麼之後會被打開了？」

「我猜曾星月把窗簾打開，是避免火勢向房間中央擴散，減少機會燒到坐在落地窗前的自己。雖然他身處密閉空間，早晚都會因吸入濃煙致死，但他還要保護懷中的第三部分小說呢。另外還有一個可能性：妳記得藍懷才曾經說過，藍有志很喜歡躲在窗簾外看窗外的風景嗎？曾星月可能是想在死前，感受一下總編輯平日看風景時的心情，嘗試了解一下藍有志夾在作家和出版社利益之間的矛盾。」

「不過，熊督察，」朱殷彤不忘提醒上司：「我覺得我們所說的這一切前因後果，大都是我們閱讀過那部小說後的想法，卻幾乎沒有確實支持這種想法的實質證據啊。」

「妳說得對，調查縱火案的最大困難，就是大部分的證據都被燒毀，我們現在只是根據殘存證據作出的最像樣的推測。所以，我現在要去找這起縱火案的『幫凶』談談，對一下答案。」

「欸？」朱殷彤吃了一驚：「幫凶？你剛才不是已確定曾星月是自殺嗎？自殺

也要幫凶？」

「曾星月能夠在總編輯房間內縱火和自殺，並不是偶然，有些事得要配合好才能成事，顯然是那個人幫了曾星月一把……我們先說到這裡好了，妳試著替我撰寫調查報告，我待會回來。」熊烈煜未待對方回應，就拿起外套，準備離開警局。

朱殷彤想勸止上司：「我只是初入職的警員，怎可能替你寫報告？」

「妳就當作是我給妳的練習，我回來後會再修改，不用擔心。」話音剛落，熊烈煜的身影已消失在朱殷彤的眼前。

熊烈煜離開警局後打了一通電話，對方主動建議見面地點和時間。熊烈煜對見面地點感到奇怪，但覺得事出必有因，且不見得有什麼危險，就欣然接受。

熊烈煜準時到達見面地點，那是一個遠離市區的海灘，人煙稀少。對方這時已鋪設了海灘墊，坐在沙灘之上，眺望著遠山的日落。

金黃色的火球正慢慢躲藏到山後，餘暉把天空和海水都染上薄薄的紅暈。

熊烈煜坐到對方身旁，興奮地讚嘆：「夕陽眞美啊！」

對方卻帶著愁緒回應：「夕陽無限好，只是近黃昏。就像我們的出版業一樣，曾經蓬勃一時，現在卻是夕陽行業。」

「所以，」熊烈煜無意閒談太久，順勢把話題拉向案件，「藍有志臥病在床，知道自己的生命已近黃昏，就把鋼製文件櫃的鑰匙交給曾星月，讓他決定自己的未來。曾星月失去了合作伙伴跟知音，生無可戀，也不打算活下去，計畫於燒毀合約的同時，在跟知音合作了數十年的地方了結餘生，他們二人於是策畫了這場縱火案。而妳猜到了他們的盤算，因此一直拖延維修防火灑水器和找鎖匠，也配合在他到訪的時間開週會，出版社的同仁就會順理成章地待在距離總編輯房間最遠的地方，增加計畫成功率，對嗎？」

「既然您已經知道一切，」藍懷才一臉無奈地望向熊烈煜，強擠出微笑道：「您是要來逮捕我嗎？」

「不，」熊烈煜搖搖頭，「妳似乎忘記了曾星月和藍有志的職業，他們是專業的推理小說作家和編輯呢！他們的計畫，根本沒打算把妳牽連在內。那封裝有小說第一部分的匿名信件，我們已查明，是曾星月在縱火前一天親自找快遞公司送出，我相信他們亦未曾把小說的第三部分給妳看。妳唯一做過的，就是把藍有志交託給妳的小說第二部分轉交給我們。妳沒有及時找人來維修防火灑水器和開啟文件櫃，是工作上的失職，但那只是妳跟明天出版社的私人瓜葛而已。況且，我們的推測都是基於那部《版權爭奪戰》，實質證據很有限。曾星月的眞正死因和肇事情況，只能留給死因裁判法庭裁定。」

「看來我把小說交給您是個正確的決定，謝謝您呢。」藍懷才重現當日接待熊烈煜時的眞摯微笑。

「我只不過是公事公辦而已。但有一點我還是猜不透，爲什麼他們要把曾星月的小說分成三部分，再以不同形式出現？萬一最後一部分在火警中燒毀了，又或者任何原因令三部分無法重組起來，就未必有人能猜到他的縱火目的和對出版界的不滿了。」

「曾老師很信命運，他應該是想由上天決定這部小說的去向，結果它們都聚集到您的手中。」

「原來如此……但話說回來，妳只看過小說的第二部分，就已經猜到曾星月的用意，其實很適合繼承令尊的工作，成爲曾星月的繼任知音。妳爲什麼不阻止這場悲劇呢？」熊烈煜慨嘆。

藍懷才搖了搖頭，「我阻止了他，只會令他餘生都充滿遺憾，而我自問只是行政人員，甚至連編輯也不是，爸爸幫不了他，我又豈敢說什麼呢？」

「這不好說，行政人員也有行政人員能做的事。妳把出版社內的瑣碎行政工作處理好，專責出版的同事才能專心致志地出版好書。現在這部《版權爭奪戰》重組後出現在警方手上，警方基於保密案情和避免宣揚自殺，很可能不會公開內容，妳不覺得很可惜嗎？」

藍懷才雙目微微晶瑩起來，一時間不知道應該說什麼。藍懷才雖然不如她名字的字面意思懷有文學才華，卻很擅長打點一切、處理瑣事。她憶起當日會進入明天出版社工作，正是因爲父親藍有志在她迷途之時，帶她來到這個海灘，對她說過以下的話，希望她能夠成爲出版社背後的功臣之一——

「除了作家之外，還必須有編輯、設計師、行銷人員、印刷廠技師、書店店員等人的付出和努力，每本書才能到達讀者的手上，缺一不可。夕陽再璀璨，也要有山水陪襯才顯得完美。即使妳沒有能力當作家或編輯，也能爲出版界盡一分力。」

藍懷才緬懷著父親的教誨，久久沒有回應。熊烈煜眼見要說的話都說完了，不打算久留，「我要回去工作了。話說回來，我不認爲出版業是夕陽行業，因爲『書籍』，包括過往其他形式的文字紀錄，發展至今已有逾千年的歷史，期間各種科技的出現，如相片、電影、電視機、互聯網等，都沒有把它淘汰掉。不過，出版業的未來到底會怎樣，我身爲外行人也不知道，要看你們這些年輕人了。期望有一天會再遇到妳，不過不是在罪案現場，而是看到妳代表出版界奮鬥和發聲。」

藍懷才回過神來，向熊烈煜點點頭，目送對方離開。在她的內心深處那早已熄滅了的篝火，竟因著熊烈煜的話而重現光焰。

〈版權爭奪戰〉完

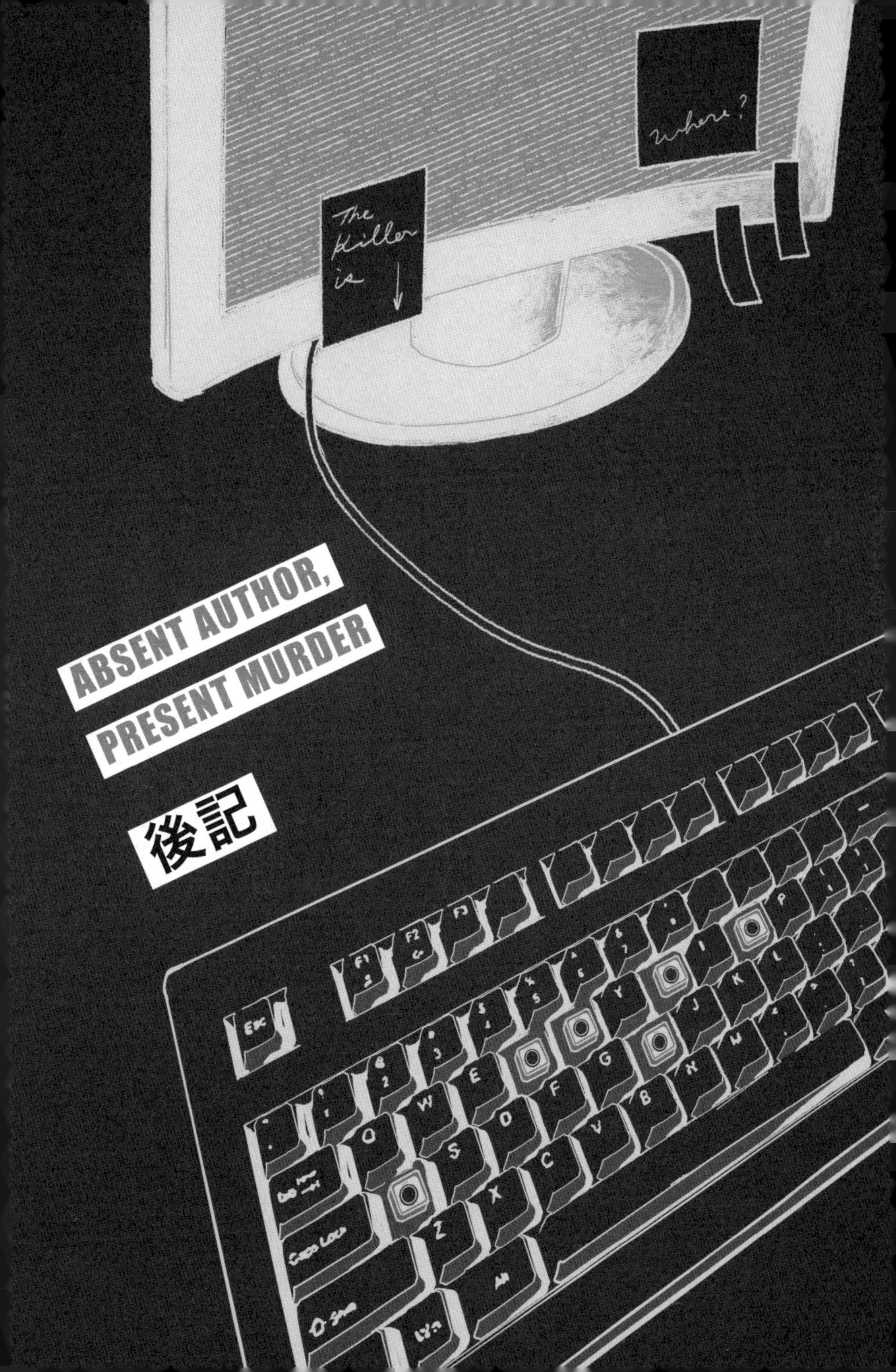

ABSENT AUTHOR, PRESENT MURDER

後記

（本文涉及故事內容與謎底，讀畢全書前請斟酌閱讀。）

還記得在《偵探冰室》出版前後的那段時間，卽大約二〇一九至二〇二〇年左右，我仍會以「新人作家」自居，或許是因爲當時我仍未發表過推理小說，也可能是我自覺沒有什麼成就。但不久有一位在當年出道、貨眞價實的新人以前輩來稱呼我時，我才驚覺我出道好幾年了，已是半新不舊的作者。

轉眼間，幾年又過去，今年二〇二五年距離我的出道作《黑色信封》出版剛好滿十年。回望過去，手上有些作品一直沒有發表的機會，身爲父母的總覺得有點虧待這些小孩。我跟蓋亞文化討論過後，雙方覺得出道十週年似乎是個適合的時機把它們結集出版，一方面能讓這些遺珠有面對讀者的機會，另一方面也能記錄下我的創作軌跡，於是製作出你正在讀的這本書。

短篇小說集《作家不在場的謀殺》收錄了五篇我在不同時期創作，卻從未公開發表過的推理小說，稍後我會逐一簡介各篇的創作時期、背景和相關趣事。但在繼續之前，我想玩玩那個推理小說的經典遊戲「給讀者的挑戰書」：你能猜到這五篇作品之中，哪一篇是最近期的、哪一篇是最早期的作品嗎？

這次由責編跟我合力挑選的五篇作品中，有部分是失落徵文獎的作品。在大致維持參賽時的結構與主軸劇情下，這些作品當然都經過適當增修，我才有勇氣讓它們出現在各位面前。不過，我起初還是會有點小擔心，會不會有讀者覺得部分作品（特別是較早期的）比較普通。我花了點時間才說服自己：每一位作家都有較受好評的作品，與之相對就必然存在較不受歡迎的，甚至稱得上是黑歷史的作品；但正正就是這些有好有壞的對照，才能展示出作家在創作路上的變化與成長。現在整本《作家不在場的謀殺》完成製作，回頭審視，我才驚覺這些作品水準並不差，且恰好呈現了我不同時期的風格與關心的社會議題，也隱隱透露出我在斜槓身分——作家／出版社老闆／總編輯／留學研究生——背後的所思所想，作爲我出道十週年的作品集實在當之無愧。

回望過去十年，我沒有一炮而紅的運氣，沒有唾手奪得大獎，也沒有哪部作品上市後就大賣。然而就是因爲沒有這種強運，我才會在創作路上一步一腳印走到現在的位置。儘管到現在我仍自覺有很大的進步空間，但籌備這本小說集讓我有機會檢視與比較這些分屬不同時期的作品，確認自己的確是走在上坡的路途上。我期待各位讀者讀畢整部合集後也會有同感吧？

〈作家不在場的謀殺〉

本篇作品寫於二〇二一年底，曾參加第二十屆台灣推理作家協會徵文獎，投稿時的作品名字是〈我的主角才不是殺人凶手〉。

先來說一件跟《天龍八部》有關的趣聞。金庸於一九六三年開始同時在《明報》及新加坡《南洋商報》連載《天龍八部》，歷時約四年。期間金庸計畫離開香港到歐洲旅遊，這種長篇連載一般來說不能斷稿，於是他請倪匡代筆連載一個多月。金庸允許倪匡盡量發揮創意，唯一要求是不能弄死任何角色。倪匡討厭《天龍八部》中的阿紫，愛搗蛋的他乖乖聽從「不能弄死」的吩咐，卻弄瞎了她。

趣聞說到這裡，大家可能已經猜到，〈作家不在場的謀殺〉正是受此事啟發，分別只在於本作中的男女主角被代筆作家寫「死」了，原作者要怎樣讓他們「復活」就成爲了本作的謎團。

本作有一個特色：一般推理小說集中於找出凶手，偵探的推論通常須達到毫無合理疑點。但在〈作家不在場的謀殺〉中的主角被冤枉爲凶手，他要爲自己辯護則只要找出任一破綻即可翻案，這種走向算是比較少出現在一般推理小說中。

我曾考慮把這部作品擴寫成長篇。有趣的是，我邀請陳浩基老師寫推薦序，他看完後也覺得這部作品有很大的續寫空間。不過我看了一下我的小本子，接下來想要挑戰的長篇計畫多不勝數，就算要擴寫這部作品恐怕也不是三到五年內的事，於是還是決定先讓它以短篇的形式出現吧。

這篇作品的新名字其實也經過多番思量。我本來想過用另一篇作品的名字當書名（後述），後來改成這篇，覺得需要一個更能代表整本書的名字，跟責編反反覆覆討論，中間我也問了一些好友的意見，才定出「作家不在場的謀殺」這個既能反映這本小說集的推理與後設特色、暗示作品跟出版息息相關，也跟《小說殺人》有相似的命名風格的名字。

〈致命的誤會〉

要來公布「給讀者的挑戰書」的第一部分答案了——〈致命的誤會〉是我最近期的作品，完稿於二〇二五年三月。

〈致命的誤會〉是我為這本合集全新創作的短篇小說，在很早之前就決定以「因港台語言與文化差異而產生誤會」為主題，可是我對作品形式一直沒有明確想法。由於另外四篇都選定好了，這篇寫在最後，我自然希望形式上跟另外四篇截然不同，但實際上可以操作的空間還是很大。

後來在機緣巧合之下，我讀到郭松棻的短篇小說〈月嘷〉，感到驚爲天人。不過我驚嘆的原因可能跟一般文學讀者不同，我是發現居然以廣義推理小說的角度來讀這篇也說得通。我受到它啟發，採用相似的「意識流」加「不可靠的敘事者」的手法寫出〈致命的誤會〉的前半部分，後半的解答部分才變回「正常的」第三人稱敘事。我在〈致命的誤會〉中也藏了一些致敬〈月嘷〉的元素，如果有讀過後者的話，或許會得到額外的樂趣。

在籌備這本書的初期，我們曾經考慮用本篇篇名作爲合集的名字。其中一個原因，是我其實是因爲誤會才開始寫小說：十二年前，快年屆而立之年的我感到迷失，開始思考公務員是不是我願意做一輩子的工作。在尋覓未來方向的時候，我在書店看到一本當時大賣的網路小說。我翻了一下，覺得很普通，自以爲也能輕鬆寫出來，繼而不斷幻想當小說家的生活，覺得挺不錯的，就誤入歧途了，於是一度覺得用「致命的誤會」（或醜陋的錯誤）來總結出道的第一個十年很貼切。不過這個名字有點負面和不祥，而且「作家不在場的謀殺」更能帶出我的特殊身分與本書的整體感覺，結果還是覺得換掉比較好。

本篇作品寫於二〇二三年底，曾參加第二十二屆台灣推理作家協會徵文獎。本作寫於〈安心出殯〉（收錄於《0037（第二十一屆台灣推理作家協會徵文獎作品集）》）的翌年，算是繼承了它充滿社會性的特色。

〈少女未來的未來〉

這篇作品在我就學於台北藝術大學文學跨域創作研究所期間，曾當作作業提交，老師和同學在作品評論時提出了不少值得參考的意見，包括建議擴寫偵查隊副隊長張文雄心境轉換的原因，以及三位少女如何從互有嫌隙演變成集體自殺控訴社會。當時我覺得這兩點建議都很好，在修改作品時原本打算都採用。張文雄的部分比較簡單，至於三位少女的部分，我本來想過在自白信前加插一節，直接書寫她們三人的經歷，卻發現會產生兩個問題：一、本作的其他部分都採用第三人稱有限觀點（張文雄單一觀點），這節將無可避免要切換觀點，在短篇小說中爲單一小節這樣做似乎有點突兀；二、補充三位少女從互有嫌隙到集體自殺的原因雖可滿足讀者的求知欲，卻不是本作核心想要討論的主題。我最終決定維持留白這部分，只讓讀者透過三人留下的文字塑造她們的形象與想法。

我忽然覺得，在北藝大的這段時間，我好像沾染了一點藝術家的執著。但如果對作品、對自己沒有適度的執著，好像也難以建立自己的特色吧？

〈永恆的愛〉

我投身全職寫作初期，作品類型集中在鬥智解謎與科幻，直到近年才比較集中在推理類型，所以這些年來其實寫下了滿多科幻或帶有科幻元素的作品，例如中短篇科幻小說集《時間旅行社》、收錄於「偵探冰室」系列內的〈離人〉及〈宦官〉，以及這篇〈永恆的愛〉。

本作最初的版本完稿於二〇二〇年中，曾參加第二屆泛科幻獎及第十九屆台灣推理作家協會徵文獎。到二〇二二年我在北藝大文跨所選修「科幻短篇小說寫作課」時，想起了這部作品，決定再次把故事主軸調度出來，寫成文學味道較強的科幻小說當作業。〈永恆的愛〉也放進了敘述性詭計，算是結合科幻與推理的作品。沒想到ＡＩ發展在這幾年突飛猛進，小說內的情節說不定很快就不再科幻，而是科技了。

由於上述創作經歷，〈永恆的愛〉分岔出兩個版本，最新近的版本文字較精練、稍微靠近嚴肅文學的風格，但考慮到這本合集的定位，以及希望盡量維持書中作品的一致性，我跟責編商討後決定採用比較易讀、傾向大眾文學的舊版本。另一個版本只好讓它暫時留在教室內好了。

〈版權爭奪戰〉

「給讀者的挑戰書」的第二部分答案來了——本書最後一篇作品〈版權爭奪戰〉創作於二〇一八年底，曾投稿至第十七屆台灣推理作家協會徵文獎，是五篇中最早期的作品。

如果你有讀過我的其他作品，可能會覺得這篇有似曾相識的感覺。這不是錯覺，因爲這篇作品中的不少元素已被我融入到其他作品中，其中擁有最多關聯的應該是長篇推理小說《小說殺人》，例如有關出版的討論、作中作結構等。

不過有個特色只出現在本作中，無法搬運到《小說殺人》，就是「誤導讀者哪一部分是眞實世界（主線內容），哪一部分是小說中的小說」的詭計。話說回來，本書中其他有用數字來分章節的作品內，都統一採用阿拉伯數字，所以在本作中以阿拉伯數字標示的章節才是眞實世界，這點我其實由始至終都沒有誤導大家啊。

結語

在籌備這本書的時候，我們曾經考慮過收錄其他作品，其中一篇我很想跟大家分享，因爲我在〈那陣揚起黃色斗篷的陰風〉（收錄於《偵探冰室．靈》）及《小說殺人》現實世界第五章內已埋下伏筆，提到「某家茶餐廳店面玻璃遭破壞，店主的狗爲保護他而喪命」的事件。唯該篇小說內容同時涉及二〇一四年及二〇一九年發生在香港的政治事件，在現今環境下直接出版恐怕會爲我跟出版社惹來麻煩，但拔掉有關元素的話，故事卻難以成立，最終只好放棄收錄。只好期待下一個十年過去，世界會變成適宜發表那篇作品的模樣。

「人生有幾多個十年」是出自某香港電視劇的台詞。十年前的我應該無法想像我居然能夠在出版圈生存了十年，而且還正在爲下一個十年奮鬥。記得《黑色信封》、《白色異境》和《粉紅少女》十年前在香港書展出版時，當時的我是切切實實的寂寂無聞。除了認識的親友之外，我不期待會有其他讀者出現在書展的簽名會現場。當時有一位正就讀中學的女生剛巧經過，被攤位內的職員推銷我的新作，然後她買了，還過來找我簽名。而後幾乎每一年的香港書展，她都會來買我的新書給我簽名。我看著她從中學生逐漸長得亭亭玉立，後來念大學、帶男朋友來一起支持我，到近期她已踏入談婚論嫁的階段。我看著她長大，她也陪伴著我成長，回想起來簡直是不可思議。

這十年間偶爾會有人問我：有沒有後悔當年辭掉公務員工作去寫小說。在間或比較失意、處於低潮的時間，想到其他仍然在職的舊同事那不斷攀升的薪水，我無法昧著良心說沒有動搖過半分。如果當年我沒有開始創作，或許我的經濟狀況會比較好，會享受到更多的物質生活。但這些都是「如果」與「或許」，我反而比較確定的，是我現在能夠看到和體驗到的風景與經歷，都不會再出現在我的生命之中。是因爲我持續在寫小說，才會認識到你們每一位讀者。

現今閱讀小說開始變得有點小衆，但小衆也有小衆的樂趣，我們彷彿自成一國，擁有圈內的特殊語言。小衆喜好很依賴口耳相傳，互相推坑。因此，如果你喜歡《作家不在場的謀殺》或任何其他書，請幫忙推薦給其他親友或網友。如果你在網路上寫下閱讀心得的話，也不妨tag我的社交帳號（@mongyat），讓我知道你這位讀者的存在與想法，這對作者來說都是莫大的鼓勵。

期待您喜歡《作家不在場的謀殺》。我們在下一本書、在網路上，或下一次線下活動再見。

望日

二〇二五年五月二十三日

國家圖書館出版品預行編目資料

作家不在場的謀殺 / 望日 著.
——初版.——台北市：蓋亞文化，2025.07
面；公分. (故事集 ; 45)

ISBN 978-626-384-199-4（平裝）

857.63 114006622

故事集 045

作家不在場的謀殺

作　　者　望日
封面插畫　Gami
裝幀設計　黃宇謙
責任編輯　盧韻亘
總 編 輯　沈育如
發 行 人　陳常智
出 版 社　蓋亞文化有限公司
地址：台北市103承德路二段75巷35號1樓
電話：02-2558-5438　傳真：02-2558-5439
電子信箱：gaea@gaeabooks.com.tw
投稿信箱：editor@gaeabooks.com.tw
郵撥帳號 19769541　戶名：蓋亞文化有限公司
法律顧問　宇達經貿法律事務所
總 經 銷　聯合發行股份有限公司
地址：新北市新店區寶橋路二三五巷六弄六號二樓
電話：02-2917-8022　傳真：02-2915-6275
港澳地區　一代匯集
地址：九龍旺角塘尾道64號龍駒企業大廈10樓B&D室
電話：+852-2783-8102　傳真：+852-2396-0050
初版一刷　2025年7月
定　　價　新台幣320元
Published and printed in Taiwan

GAEA
ISBN 978-626-384-199-4

Gaea

GAEA